Leserstimmen zu »Buch, Mord und Kaffee«

*»Ein Krimi, der mich gleich zu Beginn begeistern konnte.
Spannend und abwechslungsreich bis zum Schluss. Ich
konnte das Buch nicht mehr aus der Hand legen.«*
Christophe Häni

*»In diesem Krimi hat nichts gefehlt, Spannung,
Gefühle,Herzklopfen, Humor und ein überraschendes Ende.
Mehr davon!«*
Barbara Zumstein

*»Düdingen war mir bisher vollkommen unbekannt, doch
schon nach dem ersten Kapitel konnte ich mehrere Dörfer
aus meiner Jugend aufzählen, in denen sich das Leben
genauso abgespielt hat. Mit gutem Gespür für Stimmungen
und präziser Sprache erzählt der Autor hier eine spannende
Geschichte voller Überraschungen. Menschliche
Verstrickungen wie in einem Fernsehkrimi. War eindeutig
ein Lesespaß den ich empfehlen kann.«*
Testudina auf Amazon.de

*»Entspannter Krimi mit sympathischer Hauptfigur
und toller Atmosphäre. Jean-Pascal Ansermoz
trifft immer den richtigen Ton.«*
Markus Kleinknecht

Zum Buch

Ein Es ist so weit. Valerie Birbaum wird in Düdingen endlich ihr Buchcafé eröffnen. Die Vorbereitungen dafür laufen auf Hochtouren. Valeries Küche gleicht einem Schlachtfeld, Bärbel singt Schlager, Hemingway ist beleidigt, und als es klingelt, bricht eine Frau auf der Türschwelle zusammen. Das Einzige, was nun ein wenig Licht ins Chaos bringen könnte, ist ein Buch von 1821, das die Frau bei sich trug …

Zum Autor

Jean-Pascal Ansermoz wurde als Schweizer im September des Jahres 1974 in Dakar (Senegal) geboren. Er ist einer, der mit Leichtigkeit über den Röschtigraben springt, schrieb er doch bis 2009 nur in französischer Sprache. Weltenbürger, Romand und Deutschschweizer in einem: ein Autor mit Hang zum Kriminellen, aber auch zu Poetischem, Literarischem, Alltäglichem und Besonderem.

Mehr Infos unter: **www.jeanpascalansermoz.ch**

Jean-Pascal Ansermoz

Liebe, Tod und blaue Muffins

Ein BuchCafé Krimi

© 1.Auflage 2019 *Jean-Pascal Ansermoz*

ISBN: 978-3-7504-2215-5

Herstellung und Verlag: BoD – Books on Demand, Norderstedt

Lektorat: Michael Lohmann, Worttaten.de
Foto Autor: Christian Baeriswyl, cbfotografie.ch
Umschlag & Satz: AZ Productions, Fribourg (CH)
unter Verwendung von Motiven von Freepik.com
und Artwork von Helaine Chardon

Die Deutsche Nationalbibliothek verzeichnet diese
Publikation in der Deutschen Nationalbibliografie;
detaillierte bibliografische Daten sind im Internet über
http://dnb.dnb.de abrufbar.

KAPITEL 1

»Hodi odi ohh di ho di eh ...«

Ich bin mir sicher, dass da irgendwelche Zeichen gewesen sein mussten. Meine Mutter vielleicht, die in der Küche lautstark jodelte. Die letzten Vorbereitungen zur Eröffnung der Buchhandlung, die mir Kopfzerbrechen bereiteten. Vielleicht die ungewöhnlich tiefen Temperaturen der letzten Tage. Die Nächte waren so kalt, dass sich am Morgen sogar Urlaubsreif bildete.

Als ich nun im Türrahmen stehend in meine Küche blickte, sah ich plötzlich weiße Strände, attraktive Männer und farbige Cocktails vor mir. Aber bevor ich mich mit der Vision zu fest anfreunden konnte, zerplatzte sie an der spitzen Stimme meiner Mutter.

»Nicht träumen, Schätzle!«

Sie hatte recht.

Ich eröffnete ja meine Buchhandlung.

Und das schon morgen.

Was mir vom Träumen blieb, war ein bisschen Sommer aus dem Tiefkühlregal in Form von tiefgefrorenen Früchten, die meine Mutter nun in meiner Küche verarbeitete.

»Und du bist dir sicher, dass diese blauen Muffins eine gute Idee sind?«

Argwöhnisch blickte ich auf die Platte dampfender Heidelbeermuffins, dann auf das Chaos in meiner Küche.

Ernst hatte niesend das Weite gesucht, als ihm das offene Kilogramm Mehl fast auf den Kopf gefallen war. Hemingway beobachtete meine Mutter samt ihrer dicken Handschuhe mit der Aufmerksamkeit eines sensationslüsternen Paparazzo und der Gelassenheit einer Schildkröte vor dem wogenden Meer.

So viel zum Tierischen.

»Aber natürlich«, flötete Bärbel. »Die werden an deiner Einweihungsfeier der Burner sein. Du wirst sehen.«

»Die riechen aber auch so.«

»Jetzt sei nicht immer so negativ, mein Schätzchen. Manche Menschen mögen diese Köstlichkeiten lieber, wenn sie etwas mehr Farbe haben.«

Ich schaute skeptisch und verschränkte die Arme vor der Brust.

»Dass ich dich auch immer zu deinem Glück zwingen muss. Genau wie dein Vater.«

»Lass Vater aus dem Spiel.«

»Hat er auch immer gesagt, wenn ich dich erwähnte. Lass die Kleine aus dem Spiel, hatte er gesagt.«

Sie schwieg kurz, seufzte dann. »Wie auch immer. Ich kann mich bald Frau Zwingli nennen, wenn das so weitergeht.«

Und die Küche darf natürlich ich aufräumen, dachte ich mir, sagte aber nichts.

Dass Zwingli mehr mit Kirche und Glauben zu tun hatte, als mit ›zwingen‹, tat dabei nichts zur Sache. Was den Mann aus dem 15. Jahrhundert und mich in diesem Moment verband, war vielleicht eine existenzielle Glaubenskrise.

»Warum hast du eigentlich die Muffins nicht bei dir gemacht?«, wollte ich wissen.

»Hier sind wir keine fünf Minuten von deinem Buchladen entfernt. Ist das nicht praktischer? So sind sie bestimmt frischer.«

Ich verdrehte die Augen, als es an der Wohnungstür läutete.

»Du hast immer das letzte Wort, was?«, sagte ich im Hinausgehen.

»Ich weiß ja nicht, wann du nichts mehr sagen willst.«

Argumentieren mit meiner Mutter hatte etwas von Blumengießen unter strömendem Regen. In meinem Rücken hörte ich, wie Bärbel wieder zu singen begann. Und während ich in Gedanken noch bei meiner Küche weilte, klingelte es erneut.

»Komme ja schon, komme ja schon!«

Hatte Donnie wieder ...?

Ich öffnete die Tür und wäre vor Schreck beinahe gestorben. Mit einem Rückwärtsschritt brachte ich mich in Sicherheit, ohne die Augen von der Frau nehmen zu können, die vor mir zu Boden ging. Mein Herz schlug mir bis zum Hals, als ich das Blut sah. Einen Augenblick bekam ich keine Luft mehr und hatte die schlechte Idee, mich einen weiteren Schritt zu entfernen, wobei ich nicht mehr an den Teppich dachte. Als ich mein Gleichgewicht verlor, schrie ich auf und fiel trotzdem. Das schien meine Mutter freudig jodelnd überhört zu haben.

Mit weit aufgerissenen Augen starrte ich auf den Kopf meiner Besucherin, die nun in meinem Eingangsbereich lag. Aus dieser Perspektive konnte ich sehen, wie sie Blut verlor, viel Blut. Ihr weißes Gesicht, die hellgrauen Augen. Sie schien direkt durch mich hindurch zu blicken. Ihr Atem ging schwer und ihre Lippen formten Worte, die ich nicht verstehen konnte.

»Hodi odi ohh di ho di eh ...«, tönte es aus der Küche.

Die Frau streckte eine Hand nach mir aus, als wollte sie sich irgendwo festhalten. Ich schluckte leer, rappelte mich auf. Ein Kälteschauer rann an meiner Wirbelsäule entlang und drohte mein Herz gefrieren zu lassen. Trotz der aufsteigenden Panik ergriff ich ihre Hand. Sie fühlte sich erstaunlich warm an. Ich holte tief Luft und näherte mich. Vorsichtig drehte ich sie auf den Rücken.

»Hodi odi ohh di ho di eh ...«

Mit der anderen Hand hielt sie ein Buch an sich gepresst. Ihr Atem ging stoßweise. Lähmende Angst ergriff Besitz von mir. Wieder formte sie lautlose Worte. Ich beugte mich zu ihr, verstand aber nicht, was sie mir sagen wollte. Sie blickte kurz weg, schien sich dann wieder des Buches bewusst zu werden.

»Mum«, rief ich über die Schulter.

Aber Bärbel hörte mich nicht.

Oder wollte mich nicht hören.

Die Frau stieß mir das blutverschmierte Buch vor die Brust, so dass ich es festhalten musste.

»Mummm!«

»Hodi odi ohh di ho di eh ...«

Mit der nunmehr freien Hand gab sie mir zu verstehen, ich solle näher kommen.

»Va...le...«, hauchte sie, brach wieder ab. Jede Silbe schien ihr große Anstrengung abzuverlangen. Ich wartete, während sie sich sammelte, starrte auf das Blut auf ihrer Kleidung.

»Mmmuumm!«, schrie ich entnervt. In der Küche hörte Bärbel auf zu singen.

»Das ... das ... Buch«, flüsterte sie.

»Du übertreibst mal wieder. So schlecht singe ich auch wieder nicht ...«, hörte ich Bärbel maulen. Sie stellte das Radio leiser.

»Was ist mit dem Buch?«, fragte ich leise.

»Ach du heiliger Kuhmist!« Bärbel stand plötzlich mit den großen Handschuhen und dem Schwingbesenmikrofon im Eingangsbereich. Mops Ernst versteckte sich hechelnd hinter ihr.

»Oh Gott, oh Gott!« Sie hielt sich eine Hand vor den Mund. Der Handschuh bedeckte fast ihr ganzes Gesicht.

Die Frau schloss ihre Augen. Sie hatte sichtlich immer mehr Mühe zu atmen. Ihre Gesichtszüge verzogen sich vor Schmerz.

»Oh Gott!«, wiederholte Bärbel sich.

»Was ist mit dem Buch?«, wiederholte ich. Die Frau hielt ihre Augen geschlossen. Ihr Atem flachte ab, wurde schneller. Ich berührte sie sanft an den Schultern.

»Was soll ich machen?«, hörte ich Bärbel fragen.

Die Frau öffnete die Augen, sah mich an, als würde sie mich zum ersten Mal sehen.

»Das Buch ...?« Ich lächelte verkrampft, versuchte ich doch, meine Tränen nicht zu zeigen.

»Was soll ich nur machen?«, hörte ich meine Mutter sagen.

Ich atmete tief ein. »Ruf die Ambulanz, Mutter!«

»Ambulanz, Ambulanz ...« Bärbel verschwand in Richtung des Wohnzimmers.

Die Frau lächelte schwach. Ich strich ihr eine Haarsträhne aus dem Gesicht. Ihre Augen schienen mir dafür zu danken.

»Ambulanz, Ambulanz ...«, hörte ich Bärbel zu sich selbst sagen.

»Was ist mit dem Buch?«

»Ich ...« Erneut stockte ihr der Atem.

»Welche Nummer soll ich wählen?«, tönte es aus dem Wohnzimmer.

»Wähl die eins vier vier«, rief ich.

»Eins vier vier ... eins vier vier ...«

»Halte durch«, flüsterte ich der Frau zu. »Es kommt alles gut.«

Es war mir, als käme ein Hauch von Leben zurück auf ihr bleiches Gesicht. Dann holte sie der Schmerz wieder ein.

»Das Buch ...«, flüsterte sie. Panik erschien in ihren Augen. Ihr Atem stockte.

»Kommen Sie, schnell!«, hörte ich Bärbel sagen. Ihre Stimme kam zu mir, als befände sie sich am anderen Ende eines langen dunklen Tunnels. Der Körper der Frau erschlaffte. Tränen schossen mir in die Augen.

»Nicht, nicht ...«, flüsterte ich.

»Weiß ich doch nicht. Hier stirbt jemand!« Bärbels Stimme klang schrill. Sie kam wieder zur Tür, das Telefon in der Hand.

»Valerie, die glauben mir nicht!«

Ich schloss meine tränenden Augen, als die Frau ihre ein letztes Mal öffnete.

Und in diesem Moment sahen wir beide nichts mehr.

KAPITEL 2

Ich weiß nicht, wie lange ich mich nicht bewegen konnte. Es lag einfach außerhalb meiner Kräfte. Bärbel wagte nicht, näherzutreten. Als die Sanitäter eintrafen, stand sie immer noch im Türrahmen zum Eingangsbereich, das Telefon in der Hand. Jemand berührte mich behutsam an den Schultern. Als ich aufblickte, sah ich in das Gesicht eines Mannes, den die Situation nicht zu überfordern schien. Ohne ein Wort auszutauschen, hatte sich sein Kollege neben der Frau niedergekniet und begann sie zu untersuchen. Der Mann half mir, den Kopf der Toten vorsichtig auf den Boden zu legen und zog mich auf die Beine. Um ein Haar wäre ich wieder zusammengebrochen. Aber er hatte meinen Schwächeanfall vorausgesehen und hielt mich fest. Ich presste das blutverschmierte Buch gegen meine Brust und ließ mich an Mutter vorbei ins Wohnzimmer führen. Bärbel starrte immer noch mit offenem Mund auf die Szene. Noch mehr Schritte erklangen im Treppenhaus. Zwei weitere Sanitäter erschienen in den typischen roten Hosen mit gelben Streifen und den weißen T-Shirts, auch eine Frau mit einem großen blauen Rucksack.

Mein Begleiter setzte mich vorsichtig aufs Sofa. Hemingway sprang auf die Polstergruppe und kam zu mir. Die Katze schnurrte. Und ich weiß nicht, ob es dieses wohlwollende Geräusch war, das mich aus meinem ersten Schock herausholte, oder ob es Mutter war, die sich nun zu einem Sessel geleiten ließ und dabei immer wieder »Oh Gott, oh Gott« vor sich hin murmelte.

»Ist sie ...?«, fragte ich den Sanitäter. Der warf einen Blick in Richtung Eingang.

»Ich weiß es nicht.« Seine Stimme klang ruhig, vermittelte Sicherheit. Er lächelte beruhigend. Ich schöpfte Hoffnung. Er entnahm seiner Tasche ein Stethoskop, das er sich um den Hals legte und eine Manschette, um den Blutdruck zu messen. Als er mir den Ärmel hochkrempelte, hielt ich das Buch immer noch fest an mich gedrückt. Sanft entwand er es meinen Fingern und legte es neben mich. Ich ließ ihn gewähren. Hemingway rieb sich an meinem sich leer anfühlenden Kopf. Für einen Moment drehte ich mich zu ihm und spürte die Wärme der Katze, während der Sanitäter die Manschette aufpumpte. Aus dem Eingangsbereich erklangen dumpfe Stimmen. Ich war zu weit weg, um etwas verstehen zu können. Dann hörte ich dumpfe Entladungen. Die Luft entwich zischend. Ich blickte zu Bärbel hinüber, die in den luftleeren Raum starrte, das Telefon immer noch in der Hand. Ernst hatte sich zwischen sie und die Sessellehne gequetscht.

»Was riecht da so?« Der Sanitäter hob den Kopf.

Riechen?

»Heilige Scheiße!«, entfuhr es Bärbel. Urplötzlich war sie hellwach. »Die Muffins!« Wie von der Biene gestochen fuhr sie hoch. Ernst, der sich an sie geschmiegt hatte, fiel vor Überraschung auf die Seite und kommentierte seinen Unmut mit einem Grunzen.

Bärbel rannte in die Küche. Ich wollte aufstehen, aber der Sanitäter hielt mich zurück.

»Langsam, gute Frau.« Ich sah ihn an.

»Aber ich muss ...«

Er lächelte wohlwollend. »Verstehe ich. Aber das kann warten.«

Der kannte das Gefahrenpotenzial meiner Mutter in einer Küche nicht. Ich tätschelte lächelnd seine Hand.

»Es geht schon. Und es ist meine Küche.«

Ich hörte Bärbel fluchen, da ließ er meinen Arm los. Ernst sprang vom Sessel und hastete seinem Frauchen hinterher. Bei meinen ersten Schritten drehte sich alles um mich. Dann hatte ich mich wieder im Griff. Bis ich die Kochstube betrat. Dicker schwarzer Rauch kam aus dem Ofen. Bärbel hielt sich mit einer Hand die Nase zu und wedelte mit dem Handschuh herum, als verscheuche sie einen Schwarm Fliegen. Mit zwei Schritten war ich beim Fenster und öffnete es. Kühle Luft strömte herein.

Ich nahm einen tiefen Atemzug.

Und dann gleich noch einen.

Aber das beklemmende Gefühl wich nicht von meiner Seite. Seufzend drehte ich mich um. Der Sanitäter stand in der Tür zur Küche. Ernst schien das Gewedele für ein Spiel zu halten. Er sprang immer wieder hoch, um sich den Küchenhandschuh zu angeln. Ohne Umschweife nahm ich Bärbel das Utensil aus der Hand, schob sie zur Seite und nahm die verkohlten Muffins aus dem Backofen.

Kurzerhand warf ich alles in die Spüle und kontrollierte, ob der Ofen ausgeschaltet war.

Dann schaltete ich das Radio aus.

»Heilige Scheiße«, entfuhr es mir.

Ich schloss kurz die Augen, atmete durch. Als ich sie wieder öffnete, standen zwei Polizisten hinter dem Sanitäter.

Eine von ihnen war Daniela Burri.

»Valerie ... alles in Ordnung?« Sie grüßte den Sanitäter, der ihr Platz machte, und kam auf mich zu. Ich hatte sofort wieder Tränen in den Augen, biss mir auf die Lippen.

Sie nahm mich, ohne eine Antwort abzuwarten, in ihre Arme, bevor ich zu schluchzen begann. Ernst bellte Bärbel an, die sich schwerfällig auf einem Stuhl niederließ.

»Alles gut. Komm mit.« Daniela nahm mich bei den Schultern und führte mich sanft, aber bestimmt an ihrem Kollegen vorbei aus der Küche. Der Sanitäter nickte ihr zu und verschwand in Richtung des Eingangsbereichs. Im Wohnzimmer war keine Spur mehr von Hemingway zu sehen.

Daniela setzte sich schweigend neben mich. Ich war ihr dankbar, dass sie mir Zeit ließ. Aus dem Eingang hörte ich Geräusche, die ich nicht einordnen konnte.

»Ist sie ...?«, flüsterte ich.

Daniela sah mich eingehend an, nickte dann.

»Ja, sie ist tot.«

Die Traurigkeit kam hoch wie eine unaufhaltsame Brandung. Daniela legte eine Hand auf meine. Die Berührung ließ die Welle meiner Emotionen etwas abklingen. Ich hatte das Gefühl, den Kopf plötzlich nicht mehr unter Wasser zu haben, schwamm aber immer noch ohne Grund unter den Füßen.

»Du stehst unter Schock«, sagte sie mir. »Es ist normal, sich dabei etwas verloren zu fühlen.«

Ich nickte schwach, schniefte mehrmals, bis sie mir eine Packung Taschentücher hinhielt, die ich dankend ablehnte. Sie entnahm dem Päckchen eines und legte es mir in die Hand. Ich blickte darauf und zerknüllte es. Das Kneten tat gut.

»Fühlst du dich wohl genug, um mir zu erzählen, was genau passiert ist?«

Ich nickte, knetete weiter.

»Die Frau ...«, begann ich.

»Was ist mit ihr?«

»Ich kenne sie.«

KAPITEL 3

Meine Wohnung roch immer noch wie der Burner, als ich aus einem unruhigen Schlaf erwachte. Mutter hatte schließlich nach langem Überreden eingewilligt, nach Hause gefahren zu werden. Ich weiß immer noch nicht, wer von uns mehr unter Schock stand. Mein Kopf fühlte sich an wie Novembernebel, aus dem nur ab und an ein Gedanke in mein Bewusstsein drang. Und das war vielleicht ganz gut so.

Hemingway gab ein schnurrendes Geräusch von sich, während er sich streckte. Wie ein Motörchen, das dann stotternd zum Stillstand kam. Ich stellte wieder einmal mit Erstaunen fest, wie viel Platz ein solch kleines Tier in einem Bett einnehmen konnte. Mein Hals fühlte dem Gedanken nach, als er sich in der Watte meines Bewusstseins verlor. Ich drehte den Kopf, spürte, wie mein Körper nur träge nachgab. Aber Jammern nützt ja bekanntlich nichts. Mit einem Seufzer stand ich auf und öffnete das Fenster.

Heute war es also so weit. Mein Traum wurde Wirklichkeit. Mein Buchcafé. Der Tag hatte eine gute Seite.

In der Küche setzte ich Wasser zum Kochen auf und schlurfte ins Badezimmer, wo mich eine bleiche Frau begrüßte, die ich von irgendwoher kannte. Von vor dem tragischen Zwischenfall an meiner Tür.

Theresia Henzi. So hieß die Frau. Und sie war mir schon einmal begegnet. Im Café im Einkaufszentrum, damals. Sie hatte sich an meinen Tisch gesetzt. Wieso sie ausgerechnet zu mir gekommen war, blieb ein Rätsel. Aus der Küche hörte ich, wie Hemingway sein Frühstück zu sich nahm. Wenigstens einer, dem der Appetit geblieben war.

Meine Gedanken kreisten um Theresia, als ich mich dem heißen Wasser aussetzte, bis der Nebel im Badezimmer dichter war als der in meinem Kopf. Und dann fiel mir das Buch wieder ein. In der Situation gestern hatte ich es völlig vergessen. Eine plötzliche Panik überkam mich. Hastig schlang ich ein Tuch um mich und eilte, noch triefende Spuren hinterlassend, ins Wohnzimmer. Aber da war kein Buch mehr auf der Couch. Einen schrecklichen Moment wusste ich nicht mehr, was zu tun war. Meine Gedanken hatten immer noch Mühe, mir behilflich zu sein. Wo war dieses verflixte Buch? Ich kämpfte mit dem Badetuch, das mir immer wieder entglitt, während Wasser langsam und an meinen Beinen herunterrann, um zu meinen Füßen eine fröhliche Pfütze zu bilden.

Das Buch! Valerie, konzentriere dich. Das ist wichtig.

Und dann urplötzlich ein Bild. Meine Mutter beim Aufräumen. Ein Schauder überkam mich. Als ich zur Küche hastete, wo das Wasser vor sich hin kochte, wäre ich beinahe ausgerutscht. Hemingway, der in der Tür bei seiner Morgen-toilette war, rettete sich auf den Sessel. Mit zwei Schritten war ich beim Mülleimer und fand meine Befürchtungen bestätigt. Mit zwei Fingern fischte ich das Buch aus dem Abfall. Vorsichtig befreite ich es von den Resten an Essen und Filterkaffee. Es hatte eine komische Färbung angenommen. Die Blutflecken waren immer noch deutlich zu sehen. Nachdenklich strich über den vergilbten und nun flecken-reichen Einband. Leder. Weshalb hatte sie mir das Buch gegeben? Ich öffnete es vorsichtig. Es handelte sich um eine Bibel in einer Ausgabe von 1821. Ich blätterte weiter und entdeckte eine mit eleganter Handschrift angebrachte Widmung. Der Segenswunsch war schwer zu entziffern. Die Namen schon leserlicher. Jacob Buchmann und Agatha Zumetwas. Der Name verfloss in einem braunen Fleck. Eine Hochzeitsbibel? Das Datum war auch nicht mehr ganz zu lesen. Ich war mir aber über das Jahr sicher. 1821. Eine ungeahnte Traurigkeit überkam mich, als ich die Worte ein zweites Mal zu lesen versuchte. Wer war dieser Jacob? Und Agatha? Und was hatten sie mit Theresia zu tun? Ich blätterte vorsichtig weiter. Jemand hatte Passagen hervorgehoben. In den Rändern waren teilweise handschriftliche Bemerkungen eingefügt worden. Diese Bibel war nicht nur gelesen, sondern auch studiert worden. Gottes Segen. Das nützte Theresia nichts mehr. Ich schloss einen Augenblick die Augen, schickte ihr gute Gedanken. Niemand hatte es verdient, so aus dem Leben zu scheiden. Und es war meine Pflicht herauszufinden, was ihr zugestoßen war. Es gibt keine Zufälle im Leben. Ich war ihr das schuldig.

Ein Gepolter im Treppenhaus holte mich aus meinen Gedanken zurück. Ein Blick auf die Uhr bestätigte mir, dass sich meine Mutter im

Anmarsch befand. Für sie bedeutete Pünktlichkeit, konstant eine Viertelstunde vor der verabredeten Zeit aufzukreuzen. Ich hatte Glück, heute waren es nur zehn Minuten. Und dann klingelte es auch schon.

»Ach, du meine Güte, habe ich dich aus der Dusche geholt?« Sie sah mich eingehend an. »Und wie bleich du wieder bist.«

»Danke.« Ich machte einen Schritt zur Seite. »Auch schön dich wieder zu sehen.« Ich ließ sie in die Wohnung und schloss die Tür. »Ohne Ernst heute?«

Sie antwortete nicht. Bärbel war mit unzähligen Tüten beladen, die sie nun in der Küche einfach auf den Boden stellte.

»Was hast du denn mitgebracht?« Ich war ihr gefolgt.

»Nur etwas Kleines zum Essen. Heute wird ein langer Tag werden.«

Etwas belustigt blickte ich auf die Logos auf den Taschen. »Aber wir haben einen Catering-Service, weißt du das nicht mehr?«

»Diese Häppchenindustrie meinst du? Das nährt doch niemanden wirklich.«

Ich nickte nur. Sie stellte die Kaffeemaschine an. »Wie du meinst. Ich geh mich dann mal ...«

Ihr argwöhnischer Blick fiel auf das Buch, das ich auf den Küchentisch gelegt hatte.

»Wieso hast du das Buch wieder ...?«

»Mutter, es ist nicht irgendein Buch.«

»Eine Bibel eben.«

»Du hast reingeschaut?«

»Natürlich. Aber all das Blut dran und dann noch so alt und fast vergilbt.«

»Und deswegen hast du es weggeworfen?«

»Das kann man doch nicht mehr lesen.«

»Theresia gab mir das Buch, bevor sie starb.«

»Sie hat dir das Buch gegeben?«

Mit einem Male schien sie nachdenklich zu werden.

»Sie hat dir das Buch gegeben?«

Ich nickte kurz.

»Dann könnte es mit ihrem Tod zu tun haben?«

Ich rollte mit den Augen, schüttelte nur den Kopf und verließ die Küche in Richtung Badezimmer.

KAPITEL 4

Als wir etwas später vor meiner Buchhandlung standen, schlug mir mein Herz vor Freude bis zum Hals. Bärbel schien das zu bemerken, denn sie blieb still, als ich einen kurzen Augenblick vor dem Gebäude stehen blieb, auf dem in großen Buchstaben Die gute Seite stand. Und dann noch BuchCafé. Es war ein unglaublicher Moment. Jegliche Spannung fiel von mir ab, als ich die Tür öffnete und zum ersten Mal die Lamellenstores hochfuhr, um die beiden großen Schaufenster zu enthüllen. Licht flutete den Laden. Der wüste Ort war zu einer Oase geworden. Dunkler Holzboden, weiße Wände, weiße Möbel, zwei große Büchertische. Zwei Sessel und ein großes knallrotes Sofa luden zum Verweilen ein. Auf der einen Seite glänzte mit einem goldenen Schimmer die neue italienische Kaffeemaschine hinter der Theke. Vier kleine runde Tische standen für die Gäste bereit. Zwei große, palmenähnliche Pflanzen gaben dem Ganzen einen Hauch von Ferien. Ich hielt die Luft an, während mein Blick über mein Reich glitt, und war einfach unglaublich stolz. Selbst meiner Mutter hatte es für einen Augenblick die Sprache verschlagen. Sie hatte den Laden nur in seiner Rohfassung gesehen. Und das war alles andere als schön gewesen. Ich erinnerte mich daran, während ich meine Tasche auf den Empfangstresen neben die Kasse stellte, und wie ich an mir selbst zu zweifeln begonnen hatte, als ich den Ort das erste Mal sehen durfte. Überall lag Müll herum und schlecht hatte es auch gerochen.

»Die Investition hat sich gelohnt.« Bärbel hatte sich vom ersten Eindruck erholt. Sie hievte ihre Tüten hinter den Tresen und während ich die Lichter anmachte und den Computer hochfuhr, machte sie Bekanntschaft mit den Räumlichkeiten. Ich sah sie neben den Büchertischen und an den Regalen entlangschlendern. Antworten musste ich ihr nicht. Ich wusste, worauf sie anspielte.

Das ganze Projekt hätte beinahe nie das Licht dieses Tages gesehen. Als die Bank mir nämlich vor nicht einmal drei Wochen mitteilte, dass sie mir den Kredit nicht in der Höhe bewilligen würde, in der ich ihn brauchte, wäre der Traum um ein Haar an meinen kapillaren Erwartungen gescheitert. Aber dann hat Bärbel ...

»Sehr schön hast du das hingekriegt.« Ich blickte zu ihr hinüber. »Ich bin stolz auf dich!«

»Danke.« Es fühlte sich warm an. Und gut. Nannte man das Glücklichsein? Seit Langem hatte ich mich nicht so gefühlt. Bärbel ging durch den Flur nach hinten.

»Was ist denn mit der Toilette?«, hörte ich sie fragen. Draußen hielt ein weißer Lieferwagen. In roten Buchstaben stand der Name der Catering-Firma drauf.

»Die hat man noch nicht ausgewechselt.«

»Mit all dem Geld, das ich dir gegeben habe, haben die es nicht zustande gebracht, die Toilette zu wechseln?«

»Sie tun, was sie können. Das Örtchen ist sowieso nicht für die Gäste bestimmt.«

»Ach, du meine Schande.«

»Ist ja nicht so schlimm.«

»Und wo soll ich denn jetzt ...?«

»Nimm meine Wohnungsschlüssel. Bin ja nur wenige Minuten von hier entfernt.«

Das Bimmeln der Türglocke erlöste mich. Ein Mann stand im Eingang, einen Lieferschein in der Hand. Er sah sich zögerlich um.

»Frau Birbaum?«

»Das bin ich.«

Ein Lächeln huschte über sein Gesicht. Vielleicht hatte er sich die Lieferung komplizierter vorgestellt. Und während Bärbel wieder auf der Verkaufsfläche erschien, erklärte ich ihm, dass wir die vier Tische zur Seite schieben würden, um dem Häppchenbuffet Platz zu machen.

Er nickte und machte sich daran, den Laden zu verlassen, als Donnie eintrat. Donnie. Groß gewachsen mit hellen Augen, roten Haaren und dem breitesten Grinsen, das ich je gesehen habe. Er grüßte fröhlich.

»Habe was für dich, Vivi.« Er gab mir eine kleine Tüte mit dem Logo der Bäckerei drauf. »Ich dachte, dass du vielleicht vor lauter Aufregung nicht daran gedacht hast, etwas zu essen.«

»Da hat er nicht unrecht, der junge Herr«, gab Bärbel ihren Kommentar dazu.

»Hallo, Frau Zumstein.«

Ich überhörte den tadelnden Ton meiner Mutter.

»Und ...« Donnie öffnete die sorgsam gefaltete Tageszeitung, um ihr eine rote Rose zu entnehmen. »Die hier ist für dich. Sie soll dir Glück bringen.«

Mir wurde warm ums Herz. »Danke.«

»Ach, du meine Güte, jetzt wird sie noch ganz rot im Gesicht. Ich lass euch beide mal lieber.«

Ich machte Mutter große Augen, sie gab mir mit einem Augenzwinkern Antwort.

»Mutter!«

»Was denn?«

»Das gibt kostenlose Werbung.«

»Ich verstehe nicht.«

Bärbel machte eine Geste in Richtung der Zeitung, die Donnie immer noch in den Händen hielt. Und jetzt sah ich es auch. Auf der ersten Seite, in riesengroßen Buchstaben war zu lesen Schock in Düdingen: Tote vor Haustür der neuen BuchCafé-Besitzerin.

Ich war sprachlos. Donnie wirkte verlegen. Es bimmelte, der Fahrer mit den ersten Klapptischen kam herein. Draußen lud ein zweiter Mann weitere Tische aus.

»Du kannst ja für die Unhöflichkeit anderer nichts, die ungefragt an deiner Haustüre sterben.«

Der Mann vom Lieferdienst kam nicht umhin, den letzten Satz mitzuhören. Er stellte die Tische schnell hin und beeilte sich, wieder nach draußen zu kommen.

»Mutter!«, mahnte ich sie.

»Weißt du, Pa würde sagen: Willst du gescholten werden, heirate. Aber willst du gelobt werden, stirb.«

Ich schüttelte den Kopf. »Er hatte sich nie in Sprichwörtern ausgedrückt.«

Bärbel nickte mit dem Kopf in Richtung Donnie und machte dabei große Augen. Als ich nicht darauf reagierte, sagte sie:

»Nicht jeder hat so einen lieben Nachbarn wie du.«

Zum Glück schien Donnie Mutters Gerede nicht zu stören. Er legte die Zeitung auf den Tresen.

»Musst du nicht noch etwas erledigen?«, fragte ich Bärbel. Sie überlegte kurz, um dann übertrieben langsam zu nicken.

»Oh, ja ... bin schon weg.« Sie zwinkerte mir erneut zu und wäre in der Tür fast mit dem Lieferanten zusammengestoßen. Er konnte sich mit einem geschickten Seitenschritt in Sicherheit bringen.

»Mutter, die Schlüssel!«

Bärbel drehte sich auf dem Absatz um und wäre beinahe ein zweites Mal mit dem Mann zusammengeprallt.

»Wo habe ich auch meinen Kopf.« Sie kam zum Tresen, wo ich die Rose in ein hohes Glas

stellte und schnappte sich die Wohnungsschlüssel.

»Bin dann mal weg«, meinte sie.

An der Tür drehte sie sich dann aber trotzdem
noch einmal um.

»Bis ich wiederkomme.«

KAPITEL 5

Der Artikel blieb vage darüber, was wirklich geschehen war. Aber trotzdem. Es konnte den heutigen Tag grundsätzlich völlig verändern. Denn es gab nur eine Buchhandlung in Düdingen. Und jedermann wusste, wer ich war. Donnie meinte zwar, das würde keinen Einfluss auf das Interesse der Leute haben. Ich hegte da so meine Zweifel.

Die beiden Männer vom Lieferdienst hatten das Buffet schnell hergerichtet, und es sah nicht nur gut aus, es roch auch so. Donnie schien meiner Meinung zu sein.

»Darf ich?«, fragte er und ich nickte. Er schob sich ein Häppchen in den Mund.

»Lecker«, kommentierte er. Ich suchte mir auch eins aus.

»Weißt du, was dazu passen würde?«

Ich schüttelte den Kopf.

»Ein bisschen Sekt.«

Ich musste lachen. »So früh am Morgen?«

Er überlegte kurz. »Lieber Kaffee?«

»Gern.«

Donnie war dabei gewesen, als der Hersteller der großen italienischen Kaffeemaschine dieses Exemplar installiert hatte. In kürzester Zeit konnte er dem Gerät einen köstlichen Duft entlocken.

Donnie stellte meine dampfende Tasse neben die Kasse und nahm seine mit auf Erkundungstour. Ich war ihm sehr dankbar dafür, dass er sehr viel Zeit investiert hatte, um mir bei der Einrichtung zu helfen. Stundenweise Bücher auspacken und einordnen, Papierkram erledigen, Lieferscheine eingeben. Meine Freude kam aber auch daher, dass er im Buchcafé mit mir zusammenarbeiten würde.

»Unsere Krimi-Empfehlungen sind schlussendlich auch eingetroffen«, meinte er erfreut und rückte eines der Taschenbücher zurecht.

»Wieso ist die Frau zu mir gekommen?«

Er blickte zu mir herüber, runzelte die Stirn.

»Du hast mir doch gesagt, dass du sie kanntest?«

Ich nickte. »Ja schon. Aber ich habe sie nur einmal gesehen, im Café im Kiosk.«

»Du hast einen Mord aufgeklärt.«

»Ja schon ...« Überzeugend kam das nicht daher. Donnie kam zu mir an den Tresen.

»Und da ist noch etwas anderes. Du bist zwar von hier, und doch nicht.«

»Was soll das jetzt wieder heißen?«

»Vielleicht wollte sie zu dir, weil sie anderen Menschen nicht vertrauen konnte.«

Ich ließ seinen Satz kurz nachklingen. Er konnte mit seiner Vermutung recht haben. Ich war hier gewesen, in meiner Jugendzeit, dann weggezogen. Ich war also eine von hier und doch nicht wirklich eine Einheimische.

»Das würde bedeuten, dass es um jemanden geht, der von hier stammt.«

»Nicht nur ›würde‹. Ich bin überzeugt davon.«

»Was macht dich so sicher?«

»Die Bibel zur Hochzeit.«

Die Tür bimmelte, als Bärbel zurückkam, gefolgt von einer jungen Frau, die mehrere große Kartons trug.

»Ach, schön haben die das angerichtet«, kommentierte sie. »Sie können die Muffins auf den Tresen stellen.«

Die Frau tat, wie ihr geheißen wurde.

»Muffins?« Ich öffnete einen der Kartons und blickte hinein.

»Aber warten nicht genug Muffins bei mir zu Hause?«

Bärbel war schon dabei einen Platz auf dem schönen Buffet freizumachen. »Nun ja ... wie du weißt, bin ich nicht die beste Bäckerin. Und das hier soll perfekt werden.«

»Also hast du Heidelbeermuffins bestellt?«

»Wieso nicht?«

Ich verdrehte die Augen, während sie die Muffins auf dem Tisch zu präsentieren begann.

»Und was soll ich mit denen in meiner Küche?«

»Die kannst du essen.«

»Aha.« Ich blickte zu Donnie hinüber, der sich das Lachen nur mit Mühe verkneifen konnte. Sein Gesichtsausdruck ließ meinen Ärger verfliegen. Ich verdrehte die Augen, schaltete die Musik ein und fuhr die Kasse hoch.

Und dann war es so weit. Die ersten lesebegeisterten Menschen kamen herein. Ich erhielt Blumen und Komplimente. Die ersten Bücher verkauften sich wie von selbst und im Nu war es Nachmittag und dann früher Abend.

Selbst Bärbel erwies sich als große Hilfe, wachte sie doch über das Buffet, gab Lesetipps und brachte die Leute zum Lachen. Donnie schlug sich als Barista erstaunlich gut. Was ihm an Technik fehlte, machte er mit seiner offenen und zuvorkommenden Art wett.

Erst kurz vor Feierabend wurde ich schließlich doch noch auf den Todesfall angesprochen. Ich rückte eine Reihe Bücher zurecht, die sich in gefährlicher Schieflage befanden, als eine Frau mit Brille auf mich zutrat. Ich schätzte sie in ihren späten Sechzigern, vielleicht etwas älter. Sie hatte große blaue Augen, und um die Augen Falten, die den Schluss zuließen, dass nicht alles in ihrem Leben schön gewesen sein musste. Ich erinnerte mich, sie bereits bemerkt zu haben, als sie hereingekommen war. Nicht nur weil der sie begleitende Mann ihr die Tür aufgehalten hatte. Mir war die Ähnlichkeit des Paares sofort aufgefallen. Fast wie Bruder und Schwester. Ich blickte mich kurz um und sah den Mann nun bei den Geschichtsbüchern stehen.

»Es muss schrecklich für Sie gewesen sein«, begann sie. Zuerst wusste ich nicht wirklich, wovon sie sprach.

»Wie kann ich Ihnen behilflich sein?«

»Oh, danke, aber mein Mann schaut selbst. Ich lese nicht mehr so viel, wissen Sie. Nur noch ein bis zwei Bücher die Woche.«

»Das ist aber doch schon viel.«

»In meinem Alter wissen Sie ...«

»Lesen ist doch in jedem Alter schön, oder nicht?«

»Da geb ich Ihnen recht, Valerie. Ich muss einfach öfter eine Pause einlegen. Werde schneller müde, verstehen Sie?«

Ich nickte.

»Aber für Sie muss es schlimm gewesen sein, als Theresia starb.«

Sie hatte plötzlich meine ganze Aufmerksamkeit.

»Sie wissen davon?«

Die Frau lachte. »Die Zeitung berichtet heute darüber. Was für eine Schande. Aber es musste ja so kommen.«

Ich blickte mich kurz um. Eigentlich hätte ich nun an die Kasse zurückgehen müssen, wo einige Kunden bereits darauf warteten, ihre Bücher bezahlen zu dürfen. Ich suchte Donnies Aufmerksamkeit zu erregen, hob dazu kurz die Hand. Er blickte herüber und begriff sofort, als ich eine Kopfbewegung in Richtung der Kasse machte.

»Wie meinen Sie das, es musste so kommen?« Ich nahm den Faden wieder auf, während Donnie die ersten Bücher in einer Papiertüte mit dem Logo der Buchhandlung verschwinden ließ. Die Frau wirkte plötzlich traurig.

»Theresia war ein Fall für sich. Lebte allein und wollte auch nichts von niemandem wissen.«

»Sie kannten sie?«

»Ja, alle kannten sie. Aber nicht alle kamen mit ihr zurecht.«

»Sie sagten eben, es musste so kommen. Was meinen Sie genau damit?«

Ihr Mann hatte sich für ein Buch entschieden und kam nun damit auf uns zu.

»Bei ihr wurde schon mehrfach eingebrochen, wissen Sie ...«

»Sie meinen ...«

Aber sie unterbrach mich.

»Hast du etwas gefunden?«

»Eine schöne Auswahl haben Sie da, Frau Birbaum. Wirklich entzückend für einen ehemaligen Historiker wie mich.«

»Oh, danke.« Mich interessierte in diesem Moment eigentlich ganz was anderes.

»Peter Jordan«, stellte er sich vor. »Ich werde des Öfteren mal vorbeischauen. Der Ort hier ist ein Segen. Ich habe meiner Frau schon lange gesagt, dass in Düdingen eine richtige Buchhandlung fehlt. Nicht wahr, Clara?«

Sie nickte eifrig.

»Hast du auch etwas gefunden?«, wollte er wissen.

»Ach, ich habe noch drei Bücher zum Lesen zu Hause.«

»Das reicht ja nur knapp bis zum Ende der nächsten Woche«, bemerkte ich lächelnd.

»Gute Frau.« Clara Jordan tätschelte meinen Arm. »Sie machen das gut, Valerie. Sehr gut.«

»Danke.«

Ich sah ihnen nach, als sie gemeinsam zur Kasse gingen. Die Ähnlichkeit der beiden war wirklich verblüffend. Sie mussten schon sehr lange zusammen sein. Und ich beneidete sie ein wenig dafür.

KAPITEL 6

»Du solltest es ihr sagen.« Donnie wirkte besorgt. Und das lag nicht am Staubsauger, mit dem er den Boden von den restlichen Krumen des Buffets befreite. Meine Gedanken waren allerdings immer noch bei meiner Begegnung mit Frau Jordan. Im Rückblick wäre es wohl besser gewesen, einmal nachzuhaken. Jetzt war es dafür zu spät. Aber irgendwie hatte sich die Situation geändert, als ihr Mann hinzugetreten war. Mir wurde erst jetzt bewusst, dass die Frau einfach zu sprechen aufgehört hatte.

»Erde an Vivi. Blaue Muffins im Anflug.«

Verwirrt blickte ich hoch.

»Warte kurz ... doch nicht.« Donnie blickte zum Schaufenster hinaus und stützte sich dabei auf das Staubsaugerrohr. Er grinste.

»Du solltest es ihr sagen.«

»Was meinst du?«

»Die Bibel. Es handelt sich um ein Beweisstück in einem Mordfall.«

»Die Bibel muss Hinweise auf die Tat enthalten.«

»Eben genau deshalb.« Donnie zog den Stecker und rollte das Kabel ein.

»Ich kann ja nichts dafür, dass Daniela nicht danach gefragt hat.«

»Sie hat vermutet, das Buch gehöre dir. Wie sollte sie auch annehmen, dass Theresia Henzi es dir gebracht hatte?«

Donnie behielt recht. Und doch. Ich fühlte mich nach den Ereignissen fast verpflichtet, den Mord aufzuklären. Es konnte ja nicht sein, dass sie die letzten Minuten ihres Lebens vergebens auf meiner Türschwelle verbracht hat.

»Nein, nein, nein. Ich kenne diesen Ausdruck auf deinem Gesicht.« Donnie schüttelte den Kopf. »Lass die Polizei ihre Arbeit machen.«

»Ich kann nicht.«

Er sah mich schweigend an.

»Und du wirst wohl deine Meinung nicht ändern, was?«

»Für keine Argumente der Welt.«

Donnie seufzte und machte sich daran, den Staubsauger zu versorgen. Ich beförderte den Tagesumsatz in einen Umschlag und den Grundstock für den kommenden Tag in eine Blechkassette, die ich dann im Tresor deponierte. Die Kasse ließ ich offen, damit jeder sehen konnte, dass sich nichts mehr darin befand.

»Aber sagen würde ich es ihr trotzdem.«

»Sie wird uns die Bibel wegnehmen und dann haben wir keine Möglichkeit mehr, sie uns anzusehen.«

»Es geht nicht um die Bibel, es geht um das Vertrauen. Wenn du diesen Fall wirklich aufklären möchtest, dann bist du auf Danielas Hilfe angewiesen.«

Das Argument saß. Das Letzte, was ich wollte, war es, Daniela zu enttäuschen. Sie hatte mir beim ersten Fall beigestanden. Ich fühlte mich schuldig.

»So, und da wir das nun geklärt haben, können wir getrost einen kurzen Blick in das Buch werfen, was meinst du?«

Er lächelte verschmitzt. Erwischt. Der Mann hatte Nerven. Und ich konnte ihm dafür nicht einmal böse sein.

»Ich meine, es ist schon recht spät ... aber ich kann den Boden auch noch schnell nass reinigen, wenn du möchtest ...«

»Das kann bis morgen früh warten.« Er nickte erleichtert und machte die Lichter aus. Minuten später schloss ich die Buchhandlung ab. Es war ein langer Tag gewesen. Die Nacht war schon seit geraumer Zeit hereingebrochen und kalt war es zu Beginn dieses Dezembers den ganzen Tag über. Ich zitterte, als wir in Richtung Bahnhof die Hauptstraße hochgingen.

»Ich hatte eine kuriose Begegnung diesen Nachmittag.« Ich erzählte ihm von den Jordans.

»Das muss nichts bedeuten.«

»Meinst du? Es wirkte auf mich etwas unnatürlich.«

»Als wüsste sie etwas?« Er lachte.

»Vielleicht ...«

»Du kannst es einfach nicht lassen, was?«

»Kann ich etwas dafür, dass gestern eine Frau bei mir im Wohnungseingang gestorben ist?«

Er überlegte einen kurzen Moment. »Nein, natürlich nicht«, flüsterte er nachdenklich. Ich zog den Kragen meines Mantels zurecht und hielt ihn mit einer Hand fest. Den Wind konnte ich in dem Nebel nicht sehen, nur spüren. Ich schlotterte unter meinem Mantel.

»Gut, angenommen ...«

Ich stieß ihn mit dem Ellbogen an.

»Du kannst es einfach nicht lassen, was?«

Er grinste. »Angenommen sie weiß etwas, und möchte nicht, dass ihr Mann es auch tut ...«

»Sie hatte davon gesprochen, dass nicht alle mit Theresia zurechtkamen.«

»... oder er weiß es, will aber nicht, dass sie es jemandem anderen verrät.«

»Wir müssen mehr über sie in Erfahrung bringen.«

»Was ist er von Beruf?«

»Er stellte sich als Historiker vor.«

»Historiker ... macht durchaus Sinn.«

»Wie meinst du das?«

»Passt zur Bibel.«

Wir hatten den Verkehrskreisel erreicht und begannen, die Bahnhofstraße hochzugehen, am Einkaufszentrum und dann am Konzertsaal vorbei.

»Du meinst, wir sollten doch mal in die Bibel schauen?«

»Natürlich. Und dann rufen wir Daniela an.«

KAPITEL 7

Zu Hause verabschiedete ich mich in Richtung Badezimmer. Donnie wandte sich der Küche zu. Ich hörte, wie er den Kühlschrank aufmachte.

»Wir müssen uns mal über deine Ernährung unterhalten.«

»Das glaube ich nicht.«

Er lachte, während ich mich einschloss, um mich frisch zu machen. Mein Gesicht im Spiegel wirkte blass, die Nase rot, die Wangenknochen noch rötlicher. Mein Haar hatte etwas von einem erdrückten Heuhaufen, der Kappe sei Dank. Wenigstens meine Ohren schienen noch intakt. Ich nahm die Ohrringe heraus, wusch mir die Hände. In der Küche redete Donnie munter weiter.

»Ich kann dich im Badezimmer nicht hören«, rief ich ihm zu. Entweder hatte er mich nicht gehört, oder es war ihm egal. Etwas genervt verließ ich das Badezimmer und blieb in der Tür zur Küche irritiert stehen. Donnie saß auf dem

Stuhl am Tisch und redete nicht etwa mit mir. Hemingway saß neben ihm.

»Störe ich vielleicht?« Ich verschränkte die Arme vor meiner Brust.

»Kommt drauf an ...«

Hemingway sah zu mir auf. »Na du?«

Er verzog das Gesicht zu einem lautlosen Miauen, sprang auf den Boden und rieb seinen Kopf gegen meine Beine. Ich kraulte ihn hinter den Ohren, was er mit einem Schnurren belohnte.

»Verräter«, meinte Donnie. Hemingway sah ihn kurz an, hob dann den Kopf wie ein Filmsternchen auf dem roten Teppich, wenn es die Fotografen spürt, und verschwand in Richtung Wohnzimmer.

Donnie stand auf und öffnete den Kühlschrank.

»Stillleben mit Apfel«, kommentierte er. »Man sagt ja, der Kühlschrank sei der beste Beweis dafür, dass nur die inneren Werte zählen. In deinem Fall weiß ich nicht, was ich davon halten soll.«

Ich fügte dem Wasserkocher Wasser bei und betätigte den Schalter, während Donnie meine Schränke inspizierte und sich so einiges auf der Arbeitsfläche bereitstellte.

»Heute Abend gibt es ›Ich weiß noch nicht was, ist mir egal, ich bin hungrig‹.« Er blickte auf die erbeuteten Lebensmittel und hielt dabei ein Auge geschlossen, wie ein Maler es vor seinem Model tun würde. Mit einer Tasse Tee setzte ich mich schließlich an den Küchentisch. Ich liebte es, ihm beim Kochen zuzusehen, und wunderte mich abermals, woher er diese Kombinationsgabe besaß. In kürzester Zeit roch es so köstlich, dass selbst ich bemerkte, wie hungrig ich eigentlich war.

Nach der improvisierten Mahlzeit siedelten wir ins Wohnzimmer über, wo die Bibel gottlob immer noch auf dem Tischchen vor dem Sofa lag. Donnie folgte mir mit zwei Tassen Tee.

Das Leder hatte gelebt. Spuren der Zeit. Poesie der Benutzung. Ich öffnete sie. 1821 stand in altdeutscher Schrift. Das Papier raschelte und der typische Geruch von alten Büchern stieg mir in die Nase. Mir wurde warm ums Herz. Es handelte sich um eine Gesamtausgabe mit dem Alten und Neuen Testament. Jemand hatte im Text Passagen hervorgehoben und hierfür verschiedene Farben benutzt. Hellere, eher rote Tinte und klassische blaue. In den Rändern waren handschriftliche Anmerkungen ange-bracht worden. Manchmal waren da nur

Initialen zu lesen. Anderweitig wurde auf andere Bibelstellen verwiesen.

»Wie sollen wir da daraus schlau werden? Das kann ja irgendetwas bedeuten.« Mir schwand der Mut, als ich weiterblätterte. »Schau hier zum Beispiel.« Ich deutete auf eine Passage im Buch Genesis. Jemand hatte fast zehn Zeilen mit rot unterstrichen. Daneben konnte ich CHR. JO. lesen. Aber Donnie schien das nicht zu stören.

»Ich liebe Rätsel«, sagte er und las die Passage. Seine Augen leuchteten, als er zu mir aufsah. Er blätterte weiter, hielt bei einer Passage mit blauer Tinte inne, las auch die.

»Du hast recht, wir können das Buch nicht weggeben.«

»Was soll das denn jetzt? Wir müssen Daniela darüber informieren.«

»Aber dann haben wir die Informationen nicht mehr.«

»Aber ein ruhiges Gewissen.«

»Vielleicht gibt es doch eine Lösung.« Er holte sein Handy hervor und begann, systematisch jede Passage des Buches abzufotografieren, die in irgendeiner Form hervorgehoben worden war.

»Das ist kurios«, meinte er dann. »Wenn ich ein Buch studiere, dann sieht das ähnlich aus.

Aber ich lese normalerweise das ganze Buch.«
Es schien so, als wäre das Neue Testament gar
nicht beachtet worden. Wir fanden keine einzige
Notiz im zweiten Teil des Buches. Etwas
verwirrt blickten wir uns an.

»Und was nun?«, fragte ich zaghaft.

»Ich drucke die Passagen aus und zeige sie
einem Kollegen von mir, der in Freiburg
Theologie studiert. Vielleicht kann der uns ja
weiterhelfen. Und jetzt ist es an der Zeit, Daniela
anzurufen.«

Sie nahm beim ersten Rufton ab und willigte
ein, sofort vorbeizukommen, als ich ihr kurz
schilderte, um was es ging.

Als sie sich Minuten später zu uns setzte,
schien sie mir nicht wirklich böse zu sein.

»Und ihr habt das Buch nicht berührt?«, fragte
sie, obwohl sie die Antwort kannte.

»Nur ein bisschen«, gab Donnie zu.

»Ein bisschen?«

»Nun ja, du wirst unsere Fingerabdrücke
drauf finden«, ergänzte ich und ließ sie an
unseren Entdeckungen teilhaben. Wohlweislich
verschwieg ich, dass wir die Fotos gemacht
hatten.

»Aha«, meinte sie. »Ihr wisst, dass ich das
Buch mitnehmen muss, nicht?«

Ich nickte und Donnie machte ein betroffenes Gesicht.

»Das ist ein Beweisstück in einem Mordfall.«

»Wissen wir«, kam es im Chor.

»Gut.« Sie nahm eine Plastiktüte hervor und stülpte sie über das Buch. Dann legte sie es wieder auf den Tisch.

»Ich hatte heute Nachmittag eine Begegnung mit einer Frau, die mir sagte, es habe Einbrüche bei der Toten gegeben.«

Daniela kratzte sich am Kopf.

»Ich will ja nicht unhöflich sein, aber du solltest den Fall der Polizei überlassen.«

»Du weißt, dass ich das nicht kann.«

Daniela blickte von mir zu Donnie und zurück. »Ihr habt die Passagen fotografiert, nicht wahr?«

Ich biss mir auf die Lippen. »Erwischt.«

Daniela schwieg einen kurzen Moment.

»Gut. Ich mache euch ein Angebot. Solange ihr mir alles erzählt, was ihr herausfindet und euch dabei nicht in Gefahr begebt, will ich gern ein Auge oder vielleicht beide zudrücken ...«

Donnie grinste.

»Aber ... sollte ich merken, dass ihr mich verarschen wollt ...«

»Keine Sorge, wir bleiben diskret.«

Sie sah mich zweifelnd an.

»Und die Einbrüche?«

»Mir ist nichts dergleichen bekannt. Aber ich werde mich schlaumachen.«

KAPITEL 8

Es war kurz nach elf Uhr, als ein Mann den Buchladen betrat, der eher in ein Antiquariat gepasst hätte. Seine Kleidung wirkte so alt, dass sie mit keiner Mode der letzten vierzig Jahre in Verbindung gebracht werden konnte. Er war in seinen Siebzigern mit spärlichem, ergrautem Haar, trug eine Strickjacke mit schottischem Muster und dazu eine dickstoffige braune Hose. Darunter konnte ich ein Edelweißhemd ausmachen. Er schwitzte stark, als er am Eingang stehen blieb und durch seine Brille die Räumlichkeiten begutachtete. Jede Faser seines Körpers drückte die Missbilligung aus, die ich in seinem Gesicht lesen konnte. Als er mich hinter der Theke sah, setzte er ein steifes Lächeln auf und kam direkt auf mich zu.

»Sie sind angestellt hier?«

Ich wich instinktiv einen Schritt zurück, auch wenn mich die Theke von ihm trennte.

»Und wer möchte das wissen?«, fragte ich vorsichtig. Er runzelte die Stirn, als käme die Frage überraschend, dann sah er sich erneut um. Ich war an diesem Morgen allein im Laden. Vorsichtig schielte ich auf die Uhr auf meiner Kasse. Ich musste nur eine halbe Stunde überleben, bevor Donnie auftauchte. Wenn er denn pünktlich war.

»Ich bin Mathias Zumwald, der Historiker.«

Er sagte es, als müsste ich es eigentlich wissen. Tat ich aber nicht. Ich sah ihn zum ersten Mal.

»Was kann ich für Sie tun, Herr Zumwald?«

»Können Sie mir die Chefin holen?«

Ich zögerte kurz.

»Ich bin die Besitzerin dieser Buchhandlung.«

Er senkte den Kopf und sah mich über den Rand der Brille eingehend an.

»So, so ... Sie sind Valerie Birbaum?«

Ich hielt seinem Blick stand, nickte nur.

»Ich habe Ihren Vater gut gekannt, wissen Sie.«

Er verlor sich einen Augenblick in Gedanken.

»Sie haben gestern meine Schwester kennengelernt. Sie hat von Ihnen geschwärmt.«

»Ich bin gestern mit vielen Leuten ins Gespräch gekommen.«

»Jordan. Clara.«

»Ich erinnere mich, ja.«

»Sie war mit ihrem Mann hier.«

»Der ist auch Historiker wie Sie.«

Er warf mir einen verächtlichen Blick zu. »Ach was. Der kann doch die Zähringer nicht von den Habsburgern unterscheiden. Ein Möchtegernforscher. Ein Bienleinprofessor.«

»Sie scheinen ihn nicht sonderlich zu schätzen.«

»Wegen Leuten wie ihm gibt es immer weniger Forschungsgelder. Schmarotzer sind das.«

Ich entschied mich, nichts dazu zu sagen, denn mit jedem Satz, den er sagte, wurde er wütender.

»Haben Sie hier auch Bücher über die Architektur, die Kunst oder das Handwerk in der Region?«

»Ich kann schauen, was ich Ihnen bestellen kann.«

»Dacht ich's mir doch. Sie haben nichts außer dieser wässerigen Unterhaltungsliteratur.«

»Nun ja, dies ist eine Buchhandlung, kein Antiquariat. Ich verkaufe keine alten Bücher.«

Er überhörte mich, sah sich weiter um.

»Sie haben mit Clara geredet, nicht wahr?«

Ich antwortete nicht sofort.

»Über diese Verrückte. Die Henzi.«

»Ja, Frau Jordan hat ihrem Kummer Ausdruck gegeben.«

»Sie klingen wie diese Politiker. Was soll's. Jetzt ist sie tot.«

Das klang bitter und enttäuscht.

»Haben Sie Bibeln in Ihrem Sortiment?«

Er sah mich eingehend an, als er mir die Frage stellte. Für einen kurzen Moment erstarrte ich. Seine Augen verengten sich zu Schlitzen. Ich schluckte einmal leer.

»Nein, habe ich nicht.«

»Ich suche eine bestimmte.«

»Wie schon gesagt, das hier ist kein Antiquariat.«

»Aber auf Ihrer Internetseite behaupten Sie, Sie könnten vergriffene Bücher besorgen.«

Mist!

»Ja, ich kann es natürlich versuchen. Haben Sie Referenzen zum Buch? Eine ISBN-Nummer vielleicht?«

Bevor er antworten konnte, wurde die Tür zum Laden aufgestoßen und ein großes Blumenarrangement auf zwei Beinen trat ein. Ich atmete auf, als dahinter Christophe Häni zum Vorschein kam. Er grinste.

»Ich konnte gestern leider nicht da sein ...«, begann er, hielt dann inne. »Störe ich vielleicht?«

Ich wagte es nicht, mich zu bewegen.

»Wir sprechen uns«, hörte ich Zumwald sagen und dann war er auch schon an Christophe vorbei und zur Tür hinaus.

Christophe stellte das Arrangement vor mir auf die Theke und blickte dem Mann hinterher.

»Was ist denn mit dem los?«

»Sind die aber schön,« Ich fuhr sanft über eine pinkfarbene Amaryllis. Er wandte sich mir stirnrunzelnd zu.

»Du hast ja ein Vermögen hierfür ausgegeben. Das war doch nicht nötig.« Das Arrangement bestand aus mindestens einem Dutzend verschiedener Blumen. Er wurde leicht rot im Gesicht, als ich zu ihm aufsah.

»Wie läuft's denn so?«, fragte er und sah sich im leeren Laden um.

»Eigentlich ganz gut«, sagte ich, während ich um den Tresen herumging und an dessen Ende einen Platz für die Blumen freimachte. »Die Eröffnung gestern war ein Erfolg. Ich wünsche mir, dass jeder Tag so wird.«

»Das wünsch ich dir auch. Sag mal, hast du gerade einen guten Krimi unter der Hand? Ich brauche ein kleines Mitbringsel für heute

Abend. Für sie habe ich schon etwas, aber für ihn ... und die klassische Flasche Rotwein ... naja.«

Ich musste lachen. Hatte er im Blumenladen gleich einen Großeinkauf gemacht?

»Aber er liest viel und gern. Und Krimis.«

»Was für Krimis denn?«

Er machte eine betroffene Miene.

»Keine Ahnung. Gibt es denn so viele verschiedene?«

Mir kamen gleich ein Dutzende Arten von Krimis in den Sinn, behielt es aber für mich. Chris war schon jetzt mit der Auswahl im Buchladen überfordert. Ich überlegte kurz und wählte dann zwei aus, die ich vor ihn auf den Tresen legte. Er schaute sich die beiden Buchcover an.

»Den hier nehme ich.«

»Willst du nicht wissen, um was es dabei geht?«

»Nicht nötig. Das Cover gefällt mir.«

Ich scannte den Barcode ein, nahm das Preisschild ab und begann das Buch als Geschenk zu verpacken. Chris holte seine Kreditkarte hervor. Als das Terminal den Kassenbon ausspuckte, schob ich das Buch in eine Papiertüte.

»Danke«, sagte er. Er nahm das Geschenk entgegen, wandte sich zum Gehen, hielt dann aber inne.

»Würdest du mal mit mir essen gehen?«, fragte er.

»Wieso nicht?«

»Nun ja ... ich weiß nicht ... es könnte dir irgendwie komisch vorkommen ...«

»Ich würde mich freuen.«

Er lächelte. »Ich melde mich.«

Ich sah ihm nach, wie er den Laden verließ, nahm das zurückgelassene Buch, um es wieder an seinen Platz zu legen. Der verschwundene Mönch war der Titel. Das Cover war in Violett und Orange gehalten. Ich fand es schön.

KAPITEL 9

Als Donnie den Laden betrat, bediente ich gerade eine Mutter mit zwei sehr aktiven Kindern im Alter zwischen vier und sechs Jahren. Jedes von ihnen hatte ein Büchlein auswählen dürfen und natürlich haben beide dasselbe gewählt. Nach mehrminütigem Hin und Her ließ sich der Nachwuchs schließlich davon überzeugen, dass zwei verschiedene Bücher zweimal mehr Lesevergnügen bedeuteten. Die Frau schien dieses Morgens bereits müde zu sein, kämpfte aber mutig gegen den Unwillen ihrer Schützlinge an.

»Wissen Sie, vielleicht hilft es ja, dass sie ein Buch selbst auswählen können. Ich möchte so gern, dass sie weniger fernsehen«, kommentierte sie.

Ein Versuch war es sicherlich wert.

Der eine Junge nahm das zuerst ausgewählte Buch an sich. »Aber das ist trotzdem meins.« Der andere war sofort bei ihm und versuchte, ihm das Buch zu entreißen. »Gar nicht. Du hast das andere. Aber ich will es dir gern ausleihen.«

Die Frau verdrehte die Augen und zerrte ihrerseits halbherzig am Buch. Der Junge gab aber nicht nach. Sie seufzte, legte einen Stapel Taschenbücher auf den Tresen.

»Darf ich das Buch schnell haben?«, fragte ich den Jungen. Er sah mich misstrauisch an. »Ich muss es einscannen, sonst kann deine Mutter es nicht bezahlen.« Er blickte auf die Kasse, zögerte, gab es mir dann aber. Ich erfasste den Titel. »Möchtest du eine Tüte dafür?«

»Eine für alle Bücher wäre gut, ja«, antwortete die Mutter. Ich nickte. Die Tür öffnete sich für Donnie.

»Guten Morgen.« Seine Stimme war fröhlich, sie tat mir gut.

»Morgen Donnie.«

Die beiden Kinder gerieten erneut aneinander. Es ging nun darum, wer von ihnen die Tüte halten durfte. Ich suchte Donnies Blick, der zusah, wie die Mutter zwischen den Kindern zu schlichten versuchte, was ihr nicht gelang. Schließlich verließen sie den Laden. Es war die Mutter, die die Tüte trug. Ich atmete durch.

»Langer Morgen?«, fragte er.

Ich verneinte. »Ich habe Hunger. Ach ja. Das Buch hier ist für eine Frau Aeby. Sie hat angerufen und will in ihrer Mittagspause schnell vorbeikommen.«

Donnie nickte. »Ich habe die Ausdrucke der Bibelpassagen dabei. Und weißt du schon das Neuste? Sie haben die Waffe gefunden. Im Wald gleich bei dir ums Eck.«

»Im Brugeraholz?«

Er nickte. »So will es der Tratsch im Café heute Morgen. Es handle sich um ein Messer.«

Das konnte durchaus sein.

»Es seien keine Fingerabdrücke drauf gefunden worden. Außer denen der Verstorbenen.«

»Woher wollen die das wissen?«

Er zuckte mit den Achseln.

»Und wo haben sie es gefunden?«

»In einem Waldabschnitt direkt hinter dem Buchenweg.«

»Dort wo der Vitaparcours durchgeht?«

»So genau weiß ich das nicht.«

»Was liegt denn auf der anderen Seite?«, überlegte ich laut.

»Nun ja, der Weg führt zum Friedhof und zum Eisstadion.«

Ich kannte den Abschnitt gut, da ich des Öfteren im Wäldchen spazieren gehe. Vor meinem inneren Auge sah ich, wie Theresia Henzi den Weg entlangging.

»Wohnte sie denn in einem dieser Quartiere?«

»Nein, überhaupt nicht. Aber ich habe mich etwas schlaugemacht. Der Friedhof wird es wohl sein. Ihren Mann haben sie dort beerdigt.«

»Und dann ist ihr jemand gefolgt.«

»Wenn sie dem Grab ihres verstorbenen Ehemannes regelmäßig einen Besuch abstattete, kann das der Mörder natürlich gewusst haben. Aber eigentlich liegt der Pfad durch den Wald nicht auf ihrem Heimweg.«

»Was meinst du damit?«

»Sie würde nicht dort entlanggehen, um zu ihrer Wohnung zu gelangen.«

»Dann war sie auf dem Weg zu mir?«

Mich schauderte bei der Erkenntnis.

»Vielleicht, vielleicht auch nicht. Sie hatte jedenfalls die Bibel bei sich und ich bin mir fast sicher, dass sie die nicht jeden Tag mit sich herumtrug.«

»Aber warum wollte sie zu mir?«

»Das müssen wir herausfinden. Und dabei wird uns vielleicht jemand helfen können. Ihr Sohn.«

»Sie hatte einen Sohn?«

»Es ist nicht wirklich ihr eigener. Sie hat ihn adoptiert, als er elf Jahre alt war. Und ich habe ihn zu erreichen versucht. Mit ein bisschen Glück kommt er in die Buchhandlung heute Nachmittag.«

»Was hast du ...?«

Er lächelte verschmitzt. »Habe ihm auf dem Anrufbeantworter eine Nachricht hinterlassen, er solle doch mal schnell vorbeikommen.«

»Und weswegen?«

»Das habe ich ihm natürlich nicht gesagt.«

»Und was, wenn der nun plötzlich auftaucht?«

»Ich werde mir schon noch etwas einfallen lassen.«

»Meinst du nicht, das ist etwas ... unangebracht? Immerhin hat er seine Mutter verloren.«

»Nun ja, so wie ich das in Erfahrung bringen konnte, hat der gute Mann in all den Jahren mehr mit dem Pfarrer zu tun gehabt als mit der Verstorbenen.«

»Wie meinst du das?«

»Nun, er ist bekannt für seine Abhängigkeiten.«

»Du meinst Drogen?«

Donnie nickte betroffen. »Das scheint dann auch seiner Beziehung mit seiner Adoptivmutter zugesetzt zu haben.«

»Alle kannten sie. Aber nicht alle kamen mit ihr zurecht«, wiederholte ich, was ich von Frau Jordan gehört hatte.

»Genau. Man gab ihr die Schuld daran, dass er im Leben nicht Fuß fassen konnte.«

»Wann starb denn ihr Mann?«

»Das war verhältnismäßig früh. Sie hat sich nach seinem Tod nie mehr auf eine Beziehung eingelassen. Theresia Henzi hat den Sohn quasi allein großgezogen.«

»Meinst du, er hat etwas mit ihrem Tod zu tun?«

Donnie überlegte kurz.

»Ich weiß es natürlich nicht, aber wenn er nichts damit zu tun hatte, so kann er uns vielleicht doch den einen oder anderen Hinweis liefern.«

Ich seufzte. Und Hunger hatte ich immer noch.

»Gut. Ich bin dann mal weg, ja? Hab das Handy dabei, falls irgendetwas sein sollte.«

»Nimm dir Zeit. Ich habe sonst nichts vor.«

Er grinste.

»Das ist lieb von dir. Aber jede Minute, die du hier bist, kostet mich viel Geld.«

»Selbst bei den Löhnen, die du zahlst?«

»Im Wort ›verdienen‹ steckt das Wort ›dienen‹. Zudem möchte ich Theresias Sohn nicht verpassen, sollte er wirklich vorbeikommen.«

»Sein Name ist übrigens Naledi Henzi. Aber wie Sie gebieten, Herrin.« Er neigte leicht den Kopf. Ich schnitt ihm eine Grimasse.

»Apropos ... Kannst du dich mal um die prickelnde Literatur kümmern? Da hat jemand sich lange umgesehen, bevor sie sich schließlich für ein Kinderbuch auf der anderen Seite des Ladens entschied. Und dabei die Zeit und das Alphabet vergessen.«

»Manche Bücher können einem halt den Kopf verdrehen.«

KAPITEL 10

Es war ein langer Tag gewesen. Das bestätigte mir Hemingway, als ich schließlich müde und abgespannt um acht Uhr die Haustür öffnete. Er streckte sich und gähnte, dass ich bis tief in seinen Hals sehen konnte. Dann ging er voraus in die Küche.

»Hast ja recht. Zuerst etwas essen.«

Nachdem ich den Laden um halb sieben geschlossen hatte, kümmerte ich mich um den Boden, auf dem eindeutige Spuren meines Erfolges zu sehen waren. Ich hatte mich darauf eingestellt, dass in der ersten Woche viele Neugierige kommen würden. Dieser Tag hat mir gezeigt, dass auch Neugierige Bücher kaufen können. Und dafür war ich dankbar. Meine Füße taten mir trotzdem weh, als ich mich der Schuhe entledigte. Ich gab Hemingway eine Dose Nassfutter. Es war schließlich an der Zeit, auch meine kleinen Erfolge zu feiern. Und wieso sollte er nicht auch etwas haben dürfen. Ich goss mir zur Feier des Tages ein Glas Rotwein ein.

Erst einmal setzen. So viele Eindrücke, so viele Menschen. Und hinter allem spürte ich dieses Interesse am Tod von Theresia Henzi. Niemand hatte den Mut gehabt, mich direkt darauf anzusprechen, doch ich fühlte deutlich, wie manche Kunden mich ansahen.

Wie Fliegen um eine schimmlige Frucht.

Es war traurig festzustellen, dass erst ihr Tod sie interessant gemacht hat. Ich dachte an ihren Sohn Naledi, der zu Donnies Leidwesen nicht aufgetaucht war. Weder während seiner Mittagsablösung noch während des restlichen Nachmittags. Wieso sollte er auch?

Es muss für Theresia nicht einfach gewesen sein, einen Sohn allein großzuziehen. Auch weil er aus einer anderen Kultur stammte. Donnie hatte erwähnt, dass er mehr mit dem Pfarrer zu tun gehabt hatte als mit seiner Adoptivmutter. Ich notierte mir gedanklich, dass ich mit dem Pfarrer in Kontakt treten sollte. Er würde mir sicher mehr über Theresia sagen können.

Hemingway leckte die letzten Bissen seines Abendessens aus der Schale und sah mich an.

»Das ist alles für heute, mein Freund.« Er legte den Kopf schief, als sollte ich das noch einmal überdenken. Ich lächelte. »Kein Wenn und Aber.«

Als ich keine Anstalten machte, mich zu erheben, begann er mit seiner Abendtoilette.

So einfach konnte das Leben sein.

Meine Gedanken schweiften ab. Ich sah Zumwalds Gesicht vor meinem inneren Auge. Sein Hohn und seine Frustration. Er wusste um die Bibel. Da gab es für mich keinen Zweifel. Und er wusste, dass ich es wusste. Welches Geheimnis trug denn diese Bibel in sich, dass vielleicht sogar dafür getötet worden war? Ich nahm mein Glas Rotwein und ging ins Wohnzimmer, wo Donnies Kopien lagen. Zwei Farben. Rot. Wie eine Warnung. Und Blau. Ein Hinweis? Ich überflog einige Passagen in Rot. Es ging dabei immer um Verfehlungen im weitesten Sinne. Suizid und Inzest für diejenigen Passagen, die ich gerade fand. Aber was hatte das mit Henzi zu tun? Und wer hatte die Bibel sonst noch besessen? War das die Handschrift von Jakob Buchmann, dem Ehemann? Ich verwarf den Gedanken sofort wieder. Die Bibel musste seit der Hochzeit in unzählige Hände geraten sein. Da kamen viele Personen infrage, ja sogar Theresia selbst. Ich durfte niemanden ausschließen. Was mich zu einer weiteren Schlussfolgerung ermutigte. Wer immer diese Anmerkungen angebracht hatte, wollte auf etwas aufmerksam machen. Etwas, das man nicht vergessen sollte. Ein Familiengeheimnis vielleicht? Wie in all den Romanen, die sich so gut verkauften, wo jemand ein Grundstück, Briefe oder sonst irgendetwas erbte, nur um dann festzustellen, dass die Vergangenheit ganz anders war, als es den Anschein hatte. Und oftmals war dieser Jemand eine Frau. Ich musste lächeln. Meine Fantasie ging mit mir durch.

Einen Augenblick starrte ich auf die Kopien, rieb mir dann mit beiden Händen übers Gesicht, nahm einen weiteren Schluck Rotwein.

Bilder von Theresia kamen hoch. Eine plötzliche Traurigkeit überfiel mich, und als Tränen hochkamen, wehrte ich mich nicht dagegen. Ich sah ihren Kopf wieder in meinem Schoss gebettet. Das Blut überall. Und ich schickte ihr gute Gedanken, denn für Gebete bin ich nicht geeignet. Ich weiß nicht, wie man so was macht.

Irgendwann nahm die Intensität der Gefühle ab. Ich seufzte, holte zweimal tief Luft. Und dann ein drittes Mal und wischte meine Tränen weg. Donnie hatte gehört, man habe ein Messer im Wald gefunden. Theresia war am Bauch verletzt gewesen, als sie bei mir an der Tür auftauchte. Man kann jemanden nur mit einem Messer verletzen, wenn man nahe genug an ihn rankommen kann. Kannte Theresia ihren Mörder? Kann es sein, dass ein Streit die Ursache für ihren Tod gewesen war? Aber geht man mit einem Messer aus dem Haus, ohne es auch nutzen zu wollen? Das würde bedeuten, dass der Mörder den Streit vorausgesehen haben könnte. Die Frage war natürlich, ob er die Waffe nur zur Drohung einsetzen oder bewusst Theresia zum Schweigen bringen wollte. Mich schauderte, als ich mir das in einem Ort wie Düdingen vorstellte.

Und dann überraschte mich eine weitere Einsicht. Wieso hatte es Theresia bis an meine Türe geschafft? Wieso hatte der Mörder sie gehen lassen? Sie ist sechsundachtzig Jahre alt geworden. Schnell konnte sie mit Sicherheit nicht fliehen. Und ich konnte durchaus davon ausgehen, dass ihr Mörder jünger war. Die einzige mögliche Erklärung sah ich in der Tatsache, dass der Mörder vielleicht bei seinem Vorhaben gestört worden war. Jemand anderes musste plötzlich aufgetaucht sein.

Ein Zeuge? Oder auch nicht. Vielleicht floh der Mörder ja. In dem Fall aber stellte sich die Frage, warum diese dritte Person sich nicht um Theresia gekümmert hatte.

Einen Augenblick ließ ich dem Gedanken Raum. Da war irgendetwas, dass ich nicht wirklich erfassen konnte.

Vielleicht hatte Theresia die Hilfe ja gar nicht gewollt. Weil ... weil ... weil sie kein Vertrauen in diese dritte Person hatte?

Weil sich der Mörder und der Zeuge kannten?

Es war an der Zeit, Daniela anzurufen.

KAPITEL 11

Es klingelte nicht lange. Hatte ich auch nicht erwartet.

»Wie geht es dir?« Ihre Stimme klang nach zwei Gläsern Rotwein. Ich schenkte mir eines nach.

»Es geht schon«, beruhigte ich sie. »Ich bin froh, den Buchladen zu haben.«

»Das kann ich mir vorstellen.«

»Es wird erzählt, die Mordwaffe sei gefunden worden?«

»Du weißt, dass ich dir solche Informationen nicht geben darf.«

»Also ist sie gefunden worden.«

Ihr Schweigen gab mir recht. In kurzen Sätzen erörterte ich ihr meine Überlegungen und sie hörte interessiert zu.

»Es muss also einen Zeugen geben. Oder jemanden, der die beiden gestört hat. Und die Chance ist groß, dass der Mörder die Person kannte. Nur so kann ich mir erklären, dass Theresia entkommen konnte.«

»Und du denkst, der Mörder war tatsächlich hinter der Bibel her?« Ich konnte spüren, wie Daniela an meiner Theorie zweifelte.

»Ich glaube nicht, dass man für das Buch an sich töten würde. Aber vielleicht wegen dem Inhalt.«

»Das ist ein wenig weit hergeholt, meinst du nicht?«

»Vielleicht.«

»Du musst jetzt nicht beleidigt sein deswegen.«

Ich überlegte kurz.

»Es war kein Raubmord, oder?«

»Raubmord? Um Himmels willen, nein. Wir fanden auch ihre Tasche. Alles war noch da, sofern wir natürlich wissen können, was sie bei sich hatte. Aber ihre Brieftasche enthielt über zweihundert Franken. Auch fanden wir Ohrringe und eine Kette aus Silber, die sich als echt erwiesen.«

»Und bei den Einbrüchen wurde auch nichts gestohlen, oder?«

Daniela überlegte kurz. »Nein, auch dort wurde nichts gestohlen.«

»Kann das denn ein Zufall sein?«

»Ich weiß es nicht, Valerie.«

»Dann konntest du dich wegen der Einbrüche schon schlaumachen?«

Daniela seufzte. »Du lässt nie locker, was?«

»Theresia Henzi ist auf meiner Türschwelle gestorben.«

»Schon gut, schon gut. Ja, ich habe die Berichte durchgelesen. Insgesamt war dreimal eingebrochen worden.«

»Und alles in einem bestimmten Zeitraum, nicht wahr?«

»Woher weißt du das? Ja, das war mir aufgefallen. Innerhalb einer Woche. Und jedes Mal hatte die Person eine Hintertür aufgebrochen, um einzudringen. Jedes Mal war Frau Henzi nicht daheim gewesen.«

»Und kein Mal wurde etwas entwendet.«

»Die Berichte sprechen von Spuren einer Durchsuchung, aber gestohlen wurde nichts. Laut Angaben von Frau Henzi natürlich.«

»Wieso sollte sie falsche Angaben machen?«

Daniela schwieg.

»Weiß man, wer die Einbrüche begangen hat?«

»Valerie ...«

»Es ist wichtig.«

Daniela seufzte. »Man hat Naledi Henzi mehrmals deswegen verhört.«

»Aber ihn nie verhaftet.«

»Nein.«

»Warum ihn?«

»Ich weiß es nicht genau. Aber die Aufzeichnungen lassen den Schluss zu, dass er zu dieser Zeit als auffällig eingestuft worden war. Mehrere Verstöße wegen Drogenbesitz und kleineren Diebstählen.«

»Wieso sollte er bei seiner Adoptivmutter einbrechen?«

»Das haben sich die Kollegen auch überlegt und ihn deshalb auch laufen lassen. Viele Menschen mit einer Abhängigkeit brauchen einfach das Geld. Aber Geld war nicht gestohlen worden.«

»Dann ist der Fall zu den Akten gelegt worden?«

»Auf Wunsch von Theresia Henzi, ja.«

Ich überlegte kurz. »Sie hat das Ganze gestoppt?«

Es klingelte an der Tür. Blankes Entsetzen machte sich in mir breit. Ein kalter Schauer lief mir über den Rücken. Für einen Moment war ich wie versteinert.

»Valerie?«

Ich blickte in Richtung Eingang, sah Theresia am Boden liegen. Das Blut überall.

»Valerie, alles in Ordnung?«

Ich schluckte leer. Mein Atem stockte plötzlich.

»Valerie?«

»Ich ... es hat geklingelt ...«

»Dann mach auf.«

»Bleibst du dran?« Ich musste das Ganze noch nicht wirklich verarbeitet haben.

»Aber natürlich.«

Vor der Tür schloss ich die Augen, atmete mehrmals tief durch, dann öffnete ich.

Und Donnies Lächeln strahlte mich an. Ich atmete auf.

»Es ist Donnie. Alles gut.«

»Valerie, sei lieb zu dir, ja? Du stehst noch unter den Auswirkungen von letzter Nacht. Das braucht Zeit.«

»Das habe ich eben auch gemerkt.«

Ich winkte Donnie herein und formte ein lautloses »Daniela«, während ich auf das Telefon deutete. Er nickte.

»Danke.«

»Wir hören uns.«

Daniela beendete das Gespräch und ich fuhr mir mit der Hand über das Gesicht.

»Schwerer Tag, was?«

Ich ging an ihm vorbei und legte das Handy auf den Küchentisch.

»Und du hast ohne mich zu trinken angefangen?«

Ich schnitt ihm eine müde Grimasse, holte ein zweites Rotweinglas, schenkte ihm ein.

»Alles gut?« Er sah mich besorgt an.

»Wird schon werden. Ich hatte eben eine Art Panikattacke.«

»Wie das?«

»Als du geklingelt hast, bin ich wie erstarrt. Ich konnte mich plötzlich nicht mehr bewegen.«

Er nickte verständnisvoll, ließ mich aber nicht aus den Augen. Ich genehmigte mir einen Schluck und ließ mich auf das Sofa fallen. Ich hatte plötzlich keine Kraft mehr. Vielleicht wäre es doch eine gute Idee gewesen, etwas zu essen. Irgendwie fehlte mir aber nun der Mut. Donnie setzte sich in den Sessel.

»Ich hab Neuigkeiten. Mein Kollege von der Uni war so etwas von stolz, mir seine ersten Resultate zu zeigen.«

»Er hat den Bibelcode geknackt?«

»Nur nicht so ironisch, bitte. Nein, über die Passagen haben wir nicht gesprochen. Wohl aber über Theresia Henzi.«

Er nahm einen Schluck Wein.

»Was für ein edler Tropfen ...«

»Donnie!«

»Ach so, ja. Nun, er hat sich ein bisschen mit Theresias Familiengeschichte vertraut gemacht. Du erinnerst dich an die Widmung in der Bibel?«

»Ja natürlich. Für die Hochzeit von Jacob und Agatha.«

Donnie nickte. »Er hat den Stammbaum zurückverfolgt. Theresia Henzi stammt direkt von Jakob Buchmann ab. Von seinem Sohn Jacob Franz, um genauer zu sein. Das Ehepaar hatte zwei Kinder. Einen Sohn und eine Tochter. Agatha starb bei der Geburt der Tochter mit nur einundzwanzig Jahren. Jacob Buchmann starb zwölf Jahre später.«

KAPITEL 12

»Sie kam aus einer Bauernfamilie, eher ärmliche Verhältnisse. Er aus einer eher reichen Familie, die sich im Handel einen Namen gemacht hat. Ihre Familie lieferte das Korn und seine Mühlen verarbeiteten es.«

»Liebe geht durch den Magen«, sinnierte ich, während ich mir die beiden vorstellte, wie sie sich ineinander verliebten. Keine gewöhnliche Liebesgeschichte zu jener Zeit. Und trotz der gesellschaftlichen Regeln haben sie trotzdem zueinandergefunden.

»Hast du schon etwas gegessen?«

»Ge... was?«

»Ob du schon etwas gegessen hast.«

Ich schüttelte den Kopf.

»Wenn ich nicht daran denken würde ...«

»... dann täte es meine Mutter.«

Er lachte.

»Was hast du noch herausgefunden?«

»1823 kam ihr Sohn Jacob zur Welt.«

»Jacob, Jacob ...«

»Es war üblich, die Vornamen der Eltern weiterzugeben. Aber ich muss zugeben, dass macht das Ganze nicht einfacher. Ein Jahr später kam dann eine Tochter zur Welt, Christina. Die Geburt überlebte Agatha jedoch nicht. Und den Tod seiner Frau verkraftete Jacob senior wiederum nicht. Was genau geschah, wissen wir nicht. Wir hatten jedoch Glück, einen Jacob Buchmann in den Archiven wiederzufinden. Es scheint so, als lebte der Sohn ab 1825 bei den Großeltern väterlicherseits. Von Christina fehlt jedoch jede Spur. Sie scheint irgendwo ›verloren‹ gegangen zu sein.«

»Wie kann das sein?«

»Ich habe dieselbe Frage gestellt und eine interessante Antwort erhalten. Es könnte sein, dass man sie weggegeben hat.«

»Wie das?«

»In ein Heim.«

»Er hat seine eigene Tochter weggegeben?«

»Er oder seine Eltern. Dazumal war ein Mädchen nicht sehr viel wert. Wenn wir davon ausgehen, dass Jacob seine Agatha gegen den Willen seiner Eltern geheiratet hat, könnte es durchaus sein, dass sie sich der Tochter und der

Erinnerung an Agatha in dieser Weise entledigt haben.«

Die Vorstellung war schrecklich.

»Er schaut nun, ob er Christina in einem der Heime der Region wiederfinden kann. Da wurde nämlich auch Buch geführt dazumal. Vielleicht haben wir Glück.«

Ich nickte betroffen.

»Sie haben Theresias Tasche gefunden.«

Donnie schwieg.

»Sie hatte nur die Bibel bei sich, als sie hier ankam?«

»Ist mir nicht aufgefallen, bis ich vorhin mit Daniela sprach.«

»Sie hat die Tasche im Wald gelassen, aber die Bibel bei sich?«

»Sieht so aus.«

Ich erörterte meinen Gedankengang betreffend dem eventuellen Zeugen und sah, dass Donnie zusehends nachdenklicher wurde.

»Das gefällt mir gar nicht«, meinte er dann.

»Was denn?«

Er zögerte kurz, runzelte die Stirn. »Ich bin davon ausgegangen, dass jemand ihr gefolgt ist, um an die Bibel zu kommen. Der Abschnitt im Wald gab diesem Jemand eine ideale Möglichkeit, Henzi ungesehen anzusprechen.

Ich gehe davon aus, dass sie ihren Mörder kannte und auch, dass sie ihm die Bibel nicht geben wollte, sonst hätte er sie nicht mit dem Messer bedroht. Wenn nun jemand die beiden überraschte, dann muss es nach dem Moment gewesen sein, wo er das Messer benutzt hat.«

»Aber wenn er es in der Hand hielt, als dieser Zeuge kam, dann muss dieser es doch gesehen haben.«

Donnie überlegte kurz.

»Nicht zwingenderweise.«

»Du denkst jetzt nicht an das Gleiche wie ich, oder?« Mich schauderte. Donnie runzelte die Stirn. »Es scheint mir die einzig mögliche Erklärung zu sein.«

»Und der Beweis, dass der Mörder auch den Zeugen kannte.«

»Ergo kannte Theresia den auch«, spann er den Faden weiter.

»Du denkst also wirklich, dass das Messer in Henzis Bauch steckte, als die dritte Person hinzukam?«

»Nur so kann ich mir erklären, wieso der Zeuge nicht geholfen und der Mörder die Bibel nicht an sich genommen hat.«

»Und das ist der Grund, weshalb Theresia entkam.«

»Weil der Mörder ihr nicht nachstellen konnte, ohne die Aufmerksamkeit des Zeugen auf sich zu ziehen.«

»Was ist mit dem Blut?«

»Du darfst nicht vergessen, dass es schon fast dunkel war. Und solange das Messer in ihr steckte, verlor sie sehr wahrscheinlich nur wenig davon. Zudem trug sie einen Mantel und eine Tasche, die den Griff verstecken konnte. Könnte auch sein, dass sie den Griff in der Hand hielt.«

»Sie lässt also die beiden hinter sich.«

»Sie muss große Schmerzen gelitten haben. Vielleicht hat sie deshalb das Messer dann herausgezogen und weggeworfen. Irgendwann mussten sie dann die Kräfte verlassen haben.«

»Das ist der Moment, wo sie sich der Tasche entledigte.«

»Genau.«

Das Unbehagen verschaffte sich in einem Raum aus Stille einen Platz. Es war also sehr wahrscheinlich nur ihrem eisernen Willen zu verdanken, dass ich Theresia noch lebendig sehen durfte.

Donnie ließ den Wein in seinem Glas zirkulieren. Dann stellte er es auf den Tisch und räusperte sich.

»Aber essen sollten wir trotzdem noch etwas.«

KAPITEL 13

Nach dem Gespräch hatte keiner von uns mehr Lust zu kochen. Und so gaben wir Minuten später unsere Bestellung am Tresen des Schnellimbisses beim Bahnhof ab. Man sagte uns, wir sollten uns setzen, was wir uns nicht zweimal sagen ließen. Die Tische waren zwar nicht sonderlich groß und der Raum wirkte mit der Dunkelheit draußen noch kleiner als sonst, aber ich musste mir eingestehen, dass ich die Nähe zu Donnie genoss. Meine Verunsicherung war bei ihm in guten Händen. Er hatte eine natürliche Art, meine Zweifel verfliegen zu lassen. Ich konnte mir in diesem Moment niemand Besseren wünschen.

»An was denkst du?« Er sah mich interessiert an.

»Ach, nichts.«

»So so ...« Er lehnte sich auf seinem Stuhl abwartend zurück und genehmigte sich einen

Schluck aus der Flasche. Und ich wusste, dass er wusste.

»Chris war hier«, gab ich schließlich zu. Wieso ich das zur Sprache brachte, weiß ich nicht. Es rutschte einfach so aus mir heraus. Habe vielleicht etwas in mir, wonach alles Schöne irgendwann sowieso den Bach runtergehen muss. Sein Gesicht blieb ausdruckslos, aber ich spürte seine plötzliche Anspannung.

»Ach ja?«

»Er möchte mich zum Essen einladen.«

»Aha.«

»Würdest du einmal den Laden am Abend für mich schließen?«

»Wenn du willst.« Ich runzelte die Stirn. Da stimmte etwas nicht.

»Bist du etwa ... eifersüchtig?«

Er stellte die Flasche auf den Tisch, vermied jedoch den Augenkontakt.

»Nein, natürlich nicht ... ich meine, du darfst machen, was du möchtest.«

Eigentlich wurde mir warm ums Herz bei dem Gedanken, dass er Gefühle für mich haben könnte. Und trotzdem.

»Es ist ja nur ein Abendessen. Er will sich dafür entschuldigen, dass er bei der Eröffnung nicht da gewesen war.«

»Entschuldigen?« Den ironischen Unterton konnte ich nicht überhören.

»Jetzt fühl ich mich nicht mehr wohl«, kommentierte ich. »Ich dachte nicht, dass das dir so nahe gehen könnte.«

»Tut es auch nicht.«

Ich konnte nicht darauf reagieren, denn uns wurde das Essen serviert.

»Guten Appetit!«

»Danke.«

Die rundliche Frau ließ ihre wohlwollenden Augen einen kurzen Augenblick auf uns ruhen. Dann nickte sie.

»Fühlt sich gut an«, meinte sie dann. Ich spürte, wie meine Wangen rot wurden.

»Wir sind nicht zusammen«, sagte ich schnell und biss mir sofort auf die Lippen. Die Frau lächelte mich still an. »Wir haben ein Sprichwort in Türkei. Der Spiegel des Menschen sind seine Taten, auf die Worte kommt es nicht an.«

Ich blickte ein bisschen verwirrt von ihr zu Donnie, der bereits angefangen hatte, seinen Döner zu essen. Als ginge ihn das alles überhaupt nichts an.

»Vergiss das nicht«, fügte sie mit einem Augenzwinkern hinzu. Sie schenkte mir ein gutmütiges Lächeln und verzog sich dann ohne ein weiteres Wort in Richtung Küche.

»Was hat sie damit gemeint?«, wollte ich wissen, aber Donnie schien auf ein Mal sehr weit weg zu sein. Ich seufzte und begann schweigend zu essen. Es war doch nur ein Abendessen.

Und wir waren ja nicht zusammen.

Und ...

Aber je länger ich darüber nachdachte, desto mehr klangen meine Erklärungsversuche nach Ausreden, nach Rechtfertigungen. Was war hier eigentlich los?

Nach einer Minute war Donnie zum Glück wieder ganz der Alte.

»Ich habe über die Einbrüche nachgedacht. Hat Daniela da etwas herausgefunden?«

Dankbar nahm ich den Themenwechsel an und erzählte ihm, was ich von ihr gehört hatte.

»Das passt irgendwie. Ich bin überzeugt davon, dass jemand versucht hat, die Bibel zu stehlen. Die Frage ist, warum er sie nicht gefunden hat.«

»Vielleicht hatte sie Theresia nicht zu Hause.«

»Dann müssten wir uns die Frage stellen, wo sie die Bibel aufbewahrte.«

»Warum meinst du?«

»Weil sie sie ja am Tag ihres Todes bei sich trug. Ergo musste sie sie ja irgendwoher geholt haben.«

»Wir müssen herausfinden, was Theresia in den letzten vierundzwanzig Stunden ihres Lebens gemacht hat.«

Donnie überging meine Bemerkung.

»Die Frage ist, warum ausgerechnet an jenem Tag? Was hat sie dazu veranlasst in Aktion zu treten? Oder anders gefragt, was war für sie an diesem Tag anders als an den anderen?«

KAPITEL 14

Da ich den Buchladen erst um neun Uhr aufschloss, hatte ich am Morgen stets genügend Zeit, um noch schnell meine Einkäufe zu tätigen oder zur Post zu gehen. Heute musste ich meinem Kühlschrank etwas Gutes tun und so stand ich kurz vor acht Uhr schlotternd vor dem Einkaufszentrum bei der Kirche, dort wo ich Theresia Henzi im Kaffee zum ersten Mal begegnet war. Auch heute war ein Nebeltag und ich dachte über Donnie nach – und über Chris. Und je mehr ich über sie nachdachte, desto verwirrter wurde ich. Beide zeigten Interesse an mir. Das Schlimme dabei war, dass ich das noch nie aus dieser Perspektive betrachtet hatte. Erst das Gespräch mit Donnie machte mir meine möglichen Gefühle bewusst. Aber war ich wirklich bereit für eine neue Beziehung?

»Ich habe mich nie an diesen Nebel gewöhnen können.«

Verwirrt blickte ich hoch und sah in die Augen von Clara Jordan. Instinktiv suchte ich nach ihrem Ehemann.

»Er ist bei den Ärzten im Bahnhofszentrum. Sie müssen Blut für ihre Untersuchungen nehmen.«

»Ich hoffe doch nichts Schlimmes.«

Sie zuckte mit den Schultern. »Manchmal ist es schwierig zu wissen, was diese Leute aus wirklicher Besorgnis machen, und was aus purer Gewohnheit.«

Das konnte ich nachvollziehen.

»Aber ansonsten scheint ihr Mann bei guter Gesundheit zu sein.«

Sie blickte mich kurz an. »Er leidet wie viele an Mitleiditis. Da tut einem sehr schnell etwas weh.«

Ich nickte und versteckte mein Grinsen in meinem großen Schal. Schulkinder gingen an uns vorbei in Richtung der Schulhäuser. Orangene und gelbe Warnschutz-Kleidung für die Jüngsten, Roller und Fahrräder für die Älteren. Als ich zu ihr aufblickte, sah ich zum ersten Mal so etwas wie Belustigung in ihren Augen. Ein metallisches Klicken verriet uns, dass das Zentrum nun geöffnet war. Doch Clara Jordan machte keine Anstalten, es zu betreten.

Andere ließen es sich bei dieser Kälte nicht zweimal sagen.

»Ich möchte nicht, dass es hier zu falschen Interpretationen kommt. Mein Mann ist ein guter Mensch. Er würde niemandem etwas antun.«

»Warum sagen Sie mir das?«

»Weil ich Ihre Reaktion gesehen habe, an der Eröffnung.«

Ich schwieg.

»Und weil Mathias bei Ihnen war.«

Sie sah mich an, als müsste ich eine bestimmte Reaktion zeigen. Was ich nicht tat. »Wissen Sie, es wird mitunter sehr schwierig in einer Familie, wenn niemand redet. Also über gewisse Sachen.«

»Wie was zum Beispiel?«

»Ach ...« Sie wischte meine Frage mit einer Handbewegung fort. »Niemand weiß, wann es eigentlich angefangen hat. Oder wer dazumal was zu wem sagte. Aber alle sind trotzdem beleidigt deswegen. Unsere Familie ist ein großer Baum voller brennender Äste. Peter, mein Ehemann, konnte es nie jemandem recht machen. Und als er dann aus purer Neugierde anfing, unsere Familiengeschichte aufzurollen, da war es mit dem Frieden definitiv vorbei. Es gibt kein Familienfest ohne große Diskussionen.«

Sie biss sich auf die Lippe, als hätte sie gerade zu viel preisgegeben.

»Ich sprach nur kurz mit Mathias Zumwald. Und auch mit Ihrem Ehemann habe ich mich nur kurz ausgetauscht. Ich würde mir nicht erlauben ...«

»Sie sind eine gute Seele.«

Sie sprach es so aus, als wäre es ein Makel.

»Ich hatte den Eindruck, Sie wollten mir etwas sagen, das Ihr Mann nicht wissen sollte.«

Sie blickte mich eingehend an.

»Es wurde zu einer Obsession, diese Familiengeschichte.«

Die Welt um uns schien nicht mehr zu existieren. Clara Jordan hatte meine ganze Aufmerksamkeit.

»Bei Ihrem Bruder?«

Sie nickte. »Sobald er wusste, dass sich Peter mit unserer Familiengeschichte beschäftigte, war es vorbei mit dem Frieden.«

»Aber warum?«

Sie seufzte. »Alles änderte sich, nachdem er die Bibel eingesehen hatte.«

»Sie wissen von der Bibel?«

Sie lächelte gutmütig. »Alle wissen um die Bibel.«

»Herr Zumwald hat sie also einmal gesehen?«

Jordan nickte. »Theresia hat ihm diese Freude während eines Nachmittags bei ihr gewährt. Mathias war nie mehr derselbe danach.«

»Theresia musste das bemerkt haben. Wusste sie, warum?«

»Sie hat nie mit mir darüber gesprochen. Aber ja … trotz seiner Überredungsversuche hat sie ihm den Zugang zur Bibel ab diesem Moment verweigert.«

»Sie musste also wissen, was Ihr Bruder entdeckt haben könnte«, argumentierte ich.

»Was immer es auch ist … es ist vorbei. Möge sie in Frieden ruhen.«

Der Kirchturm schlug die Viertelstunde an. Und auch wenn ich liebend gern mehr erfahren hätte, sah ich, dass unser Gespräch Clara Jordan müde gemacht hat. Ich konnte es nach-vollziehen.

»Nur eine kleine letzte Frage, wenn Sie erlauben.«

Sie lächelte mir aufmunternd zu.

»Glauben Sie, dass Mathias etwas mit dem Tod von Theresia zu tun haben könnte?«

Sie wartete zu lange, als dass ich hätte ihrer Antwort Glauben schenken können.

»Ich glaube nicht.«

KAPITEL 15

Die Begegnung mit Clara Jordan wollte mir nicht aus dem Kopf und die Kälte nicht aus den Gliedern. Meine Hände schlotterten selbst bei der zweiten Tasse Tee.

Der Morgen verlief ruhig. Die Transportfirma war da, dann der Postbote. Ich hatte die neuen Bücher in den Computer eingegeben, die Preise darauf geklebt und die Kunden benachrichtigt, deren Bestellungen eingetroffen waren. Nun starrte ich in die weiße Nebelsuppe draußen, beobachtete den Verkehr und das alltägliche Leben in dieser Kleinstadt, als stünde ich vor einem Aquarium, dessen visuelle Begrenzung meine beiden Schaufenster darstellten.

Und ich dachte an Clara Jordan.

Eines war mir bei unserem Gespräch klar geworden: Mathias Zumwald hatte in einem Nachmittag den Code in der Bibel geknackt. Und so, wie ich ihn kennengelernt hatte, würde er sich mit dem nicht zufriedengeben.

Die Chancen standen gut, dass er versucht hatte, die Bibel in seinen Besitz zu bringen. Koste es, was es wolle. Dabei war er auch vor Einbrüchen nicht zurückgeschreckt. Denn die Bibel war seine einzige Möglichkeit, das Entdeckte zu beweisen. Deshalb war er in meinem Buchcafé aufgetaucht. Und Theresia hatte das nicht gewollt. Ich fragte mich plötzlich, was Theresia wirklich von mir erwartet hatte, als sie mir die Bibel brachte. Sollte ich die Wahrheit ans Licht bringen oder eben das verhindern? Ich nahm einen kleinen Schluck des heißen Gifferstees, als sich die Tür öffnete und Deborah Stöcklin eintrat.

Seit den tragischen Ereignissen um Marcos Tod hatte ich sie nicht mehr gesehen und war umso mehr überrascht, sie plötzlich vor mir zu sehen. Sie war immer noch kreidebleich, wie ich sie in Erinnerung hatte. Dafür war ihr Bauch nun selbst unter dem dicken Wintermantel deutlich zu sehen. Ich stellte meine Tasse auf den Tresen.

»Was für eine Überraschung.«

Wir umarmten uns. »Wie geht es dir?«, wollte ich wissen. Sie nahm sich den Schal vom Hals, knöpfte den Mantel auf.

»Eigentlich ganz gut«, meinte sie. »Der Ort ist aber wirklich schön geworden.« Anerkennend ließ sie ihren Blick über die Regale schweifen.

»Danke. Bin ganz zufrieden damit. Möchtest du einen Tee?«

Sie winkte ab. »Lieber nicht. Habe eh schon das Gefühl, mein Leben auf Toiletten zu verbringen. Da sollte ich nicht noch nachhelfen.«

»Seit wann haben wir uns denn nicht mehr gesehen?«

»Ein paar Wochen?«

»Und wie gehts dem Baby?«

Sie lächelte matt, legte eine Hand auf den Bauch. »Er gibt mir schon Fußtritte.«

»Na, dann ist ja alles gut.« Ich lachte. Sie schnitt mir eine Grimasse. »Kekse vielleicht?« Donnie hatte einen Teller mit Weihnachtsgebäck auf dem Tresen vorbereitet.

Sie lachte und griff beherzt zu. »Was soll's. Mein Kopf sagt Salat, der restliche Körper ... naja. Ist ja nicht nur für mich.«

Ich nahm mir einen mit Marmelade drin.

»Habe das gehört mit der Theresia Henzi«, meinte sie nach einer kurzen Pause. »Ich will mir gar nicht vorstellen, was du da durchgemacht haben musst.«

Einen kurzen Augenblick blieb sie still. Ihr Blick verlor sich im Nebelaquarium draußen.

»Ist eigentlich traurig, wenn man bedenkt ...« Sie vollendete den Satz nicht. Ich konnte spüren, wie sie mit den Tränen kämpfte, und ließ ihr den benötigten Raum. Nach einigen Sekunden des Schweigens sah sie mich mit einem fahlen Lächeln an. »Es ist eigentlich traurig, wenn man bedenkt, dass man gleich nebenan gewohnt hat. Aber kennen tue ich sie überhaupt nicht. Unsere Leben sind irgendwie aneinander vorbeigelaufen, obschon nur wenige hundert Meter meine Wohnung von ihrem Haus trennte. Wir sahen uns dann und wann im Dorf, manchmal kreuzten wir uns auf der Straße.«

Sie schwieg erneut.

»Ich bin so mit meinem Leben beschäftigt, dass kein Platz mehr für andere da ist. Und nun ist sie tot.«

Ich war ein bisschen ratlos, was ich darauf erwidern sollte, fühlte ich doch ihre Schuldgefühle.

»Du bist schwanger«, sagte ich sanft. »Da ist man immer ein wenig sensibler. Und du kannst ja für ihren Tod nichts.«

Ich schalt mich sofort innerlich für dieses Gesülze. Wie konnte ich ihr das sagen, weiß ich doch gar nicht, wie sich Schwangersein anfühlt. Aber sie schien es mir nicht übel zu nehmen.

»Was bleibt nun von ihr? Ich meine, was wird von ihr bleiben, wenn dieser Mord einmal aufgeklärt worden ist?«

»Ich dachte, sie habe einen Adoptivsohn.«

»Hatte sie das? Siehst du, ich weiß gar nichts über sie.«

»Und sie wohnte in deiner Nähe?«

»Sie bewohnte das kleine Häuschen fast am Ende der Straße.«

Irgendwo in meinem Kopf begegneten sich zwei Eingebungen und ich musste mich zusammenreißen, um die plötzliche Freude über meine Idee nicht zu zeigen. Deborah würde das nicht begreifen können. Nicht in ihrem melancholischen Zustand. Sie ließ ihren Blick durch den Raum schweifen.

»Wirklich schön, wie du das hier eingerichtet hast. Ich bin derzeit abends viel zu müde, um noch lesen zu können. Aber ich komme bestimmt wieder.«

»Wie lange ...?« Ich war froh, das Thema wechseln zu können. Sie strich sich über den Bauch. »Wenn alles gut geht, Ende Februar.«

»Was meinst du damit?«

»Man weiß ja nie. Meine Ärztin meint zwar, dass ich eine schöne Schwangerschaft habe.«

»Na, siehst du. Die sollte es doch eigentlich wissen.«

»Ja, das sollte sie ...«

»Warum machst du dir dann Sorgen?«

»Man liest so viel, weißt du. Da muss man ja Angst bekommen.«

»Und wenn alles gut geht?«

KAPITEL 16

Am Ende der Straße kann auch am Ende der Welt sein. Ich war außer Atem, als ich endlich die Nummer 36 sah. Zu meiner Linken folgte ich einem immergrünen Thuja. Wo der aufhörte, schien auch das Dorf zu enden. Und die Welt an sich. Die Straße war hier eher schmal gehalten. Ich brauchte ein wenig Fantasie, um mir vorstellen zu können, wie sich zwei große Fahrzeuge hier kreuzen konnten. Theresias Haus lag nicht direkt an der Straße. Es war auf einer Art Böschung gebaut worden und sah so ganz anders aus als in meiner Vorstellung. Ich hatte ein kleines altes Haus erwartet. Dieses hier ähnelte aber eher einem rechteckigen Betonklotz mit Flachdach, den man mit braunem Holz verkleidet hatte. Zwei schmale und ein längliches Fenster zeigten auf die Straße. Alles andere war durch die Höhe des Anwesens und eine buschige Vegetation gänzlich versteckt. Auch das Nachbarhaus versteckte sich hinter einem Holzzaun. Ich erkannte gerade noch das weiße Metall eines Pooleinstiegs.

Nach einigen weiteren Schritten konnte ich mit Sicherheit sagen, dass Theresias Haus eine kleine Terrasse besaß, die aber durch eine schmale Betonmauer von der Straßenseite getrennt worden war. Der Betonblock trug ein schmales Vordach. Auch hier glichen die Fenster eher schmalen Schlitzen als großen Lichtfängern.

Als würde das Haus blinzeln.

Ich blieb einen Augenblick stehen und blickte mich um. Keine Seele war zu sehen. Aber das sollte nichts bedeuten. Nicht in einem Dorf. Da war man nie allein. Aber was in gewissen Situationen ein durchaus gutes Gefühl sein konnte, war in meiner eher hinderlich. Was ich nämlich vorhatte, sollte niemand wissen.

Verstohlen blickte ich nach links und dann nach rechts, nahm heimlich Maß an der Böschung gegenüber. So steil war die bestimmt nicht. Morgens kann ich mich ja immer so graziös bewegen.

Wie eine Gazelle.

Kurz nach der Geburt.

Auf Glatteis.

Während eines Erdbebens.

Ich verscheuchte das Bild vor meinem inneren Auge. Lachend würde ich es bestimmt nicht schaffen.

Mit kurzem Anlauf und zwei antilopenartigen Sprüngen versuchte ich, den Garten zu erreichen. Elan hätte ich genug gehabt. Der Untergrund aber gab nach. Ich ergatterte mein Gleichgewicht gerade noch. Bevor ich meine Kleidung und meinen Ruf ruinierte, schickte ein kurzes Danke zum Himmel, dass nur meine Hände und meine Gedanken verschmutzt waren.

Es gibt halt verschiedene Gazellenarten. Ich gehöre zu denen, die etwas mehr mit der Schwerkraft zu kämpfen hatten als andere.

Mein Herz raste aber nicht nur deswegen, als ich nun auf Theresias Terrasse stand und meine Hände notdürftig säuberte.

Ein Thujahag trennte den Poolnachbar von diesem Grundstück. Das Gebäude musste fast quadratisch sein und ging über einen gedeckten Durchgang in ein kleineres über. Obschon der Nebel immer noch das Land beherrschte, konnte ich die dunkleren Schatten des kleinen Waldteils sehen, der das Grundstück begrenzte. Das Gebäude lag bedrückend grau und dunkel neben mir und ich konnte nicht anders, als an ein totes Tier zu denken, das man auf der Straßenseite liegen gelassen hat.

Geduckt lief ich an der Seite entlang. Nichts regte sich, als ich den Betonklotz umging und schließlich vor der Haustür stand. Die Kälte schlich sich in meine Gedanken. Wenn mich bloß hier niemand sah! Natürlich war die Tür abgeschlossen. Ich beschloss, das Haus zu umrunden. Auf der Rückseite führte eine schmale Treppe nach unten. Kurz darauf stand ich vor einer weiteren Tür. Sie hatte ein Fenster, durch das ich allerdings nichts erkennen konnte. Ich drückte die Klinke. Sie gab nach.

Gleichzeitig fuhr ein Auto vorbei.

Erschrocken drehte ich mich um, blickte nach oben. Aber da war niemand.

Trotzdem zögerte ich.

Hatte ich das Recht, einfach so in Theresias Leben einzutreten?

Aber wenn die Tür schon mal offen stand.

Das Erste, was über mich kam, war die Stille.

Kein Laut drang zu mir, hatte ich einmal die Tür hinter mir geschlossen. Es war genauso kalt hier drinnen wie vorher draußen. Eine feuchte Kälte. Und dieser typische Geruch abgestandener Luft, den ich auch von alten Büchern her kannte. Zu beiden Seiten stapelten sich

Kartons und Verpackungen auf metallenen Regalen. Ich fand im wenigen Licht, das zu mir hielt, eine Reihe Marmeladengläser. Ein Lächeln huschte über mein Gesicht. Es waren unzählige süße Momente hier drin, und ich liebte den Gedanken, dass Theresia stundenweise am Herd gestanden hatte, um diese Köstlichkeiten zuzubereiten. Im Vorbeigehen strich ich mit Schwermut über die von Hand geschriebenen Aufkleber.

Eine Wendeltreppe führte nach oben. Natürlich fand ich den Mut nicht, Licht zu machen, und verwünschte mich auch schon nach wenigen Stufen dafür. Denn je höher ich stieg, desto undurchdringlicher wurde es. Mein Herz klopfte. Mehr als zwanzig Stufen konnten es ja nicht sein. Und doch schien es endlos nach oben weiter zu gehen. Der Handlauf endete so abrupt, dass ich die letzte Stufe übersah. Ich rutschte ab, fiel nach vorn und hob schützend beide Arme. Mein Knie berührte schmerzhaft den Boden, während ich mit dem Kopf zuerst die Tür rammte und die durch meinen Elan mit ohrenbetäubendem Lärm aufschlug, bevor ich mich auf einem dicken Teppich auf dem Bauch wiederfand.

Ich schüttelte den Kopf, um wieder zu mir zu kommen. Mein Knie brannte. Etwas kitzelte meine Nase. Ich musste mehrmals kräftig niesen. Als ich schließlich die Augen wieder öffnete, sah ich zwei Beine vor mir stehen, die in dunklen Schuhen steckten.

KAPITEL 17

»Und wer bist du?«, fragte er mit tiefer Stimme.

»Und wer bist du?«, wiederholte ich, während ich mich aufrappelte und den imaginären Staub von meinen Hosen wischte. Ich vermied es dabei bewusst, auf mein linkes Bein zu stehen.

»Hast du dir wehgetan?«

Ich doch nicht. Aua.

Er stand einfach da und sah mich mit geneigtem Kopf an. Er war groß. Und schlank. Und irgendwie elegant in dem schwarzen Rollkragenpullover. Die dunkle Hautfarbe stand ihm gut. Auf den ersten Blick sah ich Interesse, keine Spur von Beurteilung.

»Du hast dir wehgetan. Komm, wir setzen uns. Ich weiß, ich sollte nicht hier sein.«

Und ich erst.

Ich folgte ihm ins Wohnzimmer, das durch zwei große Sofas dominiert wurde, die sich über einen breiten Beistelltisch aus dunklem Holz ansahen. Große Gemälde hingen an den Wänden, deren Rahmen die Decke mit dem Boden verbanden. Rote und braune Töne. Pflanzen überall. Er setzte sich als erster, folgte meinem Blick.

»Jemand muss sich um die Pflanzen kümmern.« Es klang wie eine Entschuldigung.

Ich setzte mich vorsichtig, da mein Knie immer noch schmerzte. Diese ganze Situation wurde immer rätselhafter.

»Du bist Naledi, nicht?«

Ein Hauch von Erheiterung huschte über sein Gesicht.

»Wir haben ein Sprichwort in Mali: Ganz egal, wie lange ein Baumstamm im Wasser liegt, er wird kein Krokodil werden.«

Was mich am meisten verunsicherte: Das Bild, das ich mir von ihm gemacht hatte, entsprach so gar nicht dem, was ich nun fühlte. Seine ungeteilte Aufmerksamkeit nahm den ganzen Raum ein. Er konnte kein Mörder sein.

Oder doch?

»Und wieso bist du hier?«, fragte er.

Warum ich hier war?

»Keine Ahnung.«

»Du bist Valerie von der Buchhandlung, nicht wahr?«

Ich nickte, wollte das Schuldgefühl aber nicht auf mir sitzen lassen.

»Wieso machst du das?«, wechselte ich das Thema und machte dabei eine Kopfbewegung in Richtung der Pflanzen. Er sah hin, wandte sich dann wieder mir zu.

»Weil es ihr wichtig war. Dort wo ich herkomme, zelebriert man die Toten. Man ist dankbar, dass man ein Teil von ihrem Leben sein durfte. Man singt Lieder, tanzt für sie. Man erzählt sich Geschichten aus ihrem Leben, während man zusammen isst.«

Er schwieg kurz, blickte zu den Fenstern, als wolle er dem Gesagten ein wenig mehr Raum geben. »Hier ist das anders.«

»Sie fehlt dir.«

Er sah mich kurz an und ich konnte den Schmerz in seinen Augen sehen.

»Ja, sie fehlt mir sehr. Wir hatten nicht das beste Verhältnis, waren oft nicht gleicher Meinung. Aber sie war da gewesen, als ich mit zehn Jahren hierher kam. Man hat ihr abgeraten, sich um mich zu kümmern. Sie sei mit sechzig Jahren zu alt für das. Man wisse nicht, wer ich war und was ich schon alles durchgemacht hatte. Ich hatte eine andere Hautfarbe. Das konnte nur Probleme geben.«

Er lächelte matt. »Was sie nie begriffen haben, ist, dass Theresia nicht mit dem Kopf funktionierte. Sie war eine, die nur auf ihr Herz hörte. Und das Herz versteht solche Argumente nicht.«

Ich war verwirrt. Selbst Donnies Informationen schienen plötzlich an den Haaren herbeigezogen. Er musste meine plötzliche Verlegenheit bemerkt haben.

»Und auch du hast sehr wahrscheinlich schon von meinen Problemen gehört.«

Ich wagte es nicht, zu antworten. Er nickte.

»Es ist nicht schlimm, sich so etwas anzuhören. Es ist schlimm, jemanden in Gehörtes einzusperren.«

Touché!

»Ich ... weiß nicht, was ich sagen soll. Natürlich habe ich mir ein Bild von dir gemacht.«

»Und das ist ja auch nur menschlich. Aber darum bist du ja auch hier. Weil du deinen Bildern nicht traust. Du möchtest Gewissheit haben. Du willst herausfinden, was meiner Theresia zugestoßen ist. Wer Drogen nimmt, braucht Geld. Natürlich kannst du mich aus dem Kreis der Verdächtigen nicht ausschließen. Die Frage nach dem Tatmotiv ist wichtig. Ich brauche aber die Drogen nicht zum Überleben. Ich finde in ihnen Stimulation und eine willkommene Abwechslung gegen Heimweh und Langeweile. Ich bin nicht abhängig davon und werde es nie sein.«

»Wo warst du am Nachmittag, an dem sie starb?«

Er blickte mich kurz irritiert an.

»Ich war es nicht. Aber du darfst gern mit dem Herrn Pfarrer sprechen.«

Ich nickte.

»Ich möchte etwas mehr über Theresia wissen. Wie war sie als Mutter?«

»Wir waren nicht immer gleicher Meinung. Sie war streng mit mir und ich bin ihr dankbar dafür. Wer weiß, wo ich jetzt wäre ohne sie. Aber sie war vor allem streng mit sich selbst.«

»Hast du ein Beispiel?«

Er überlegte kurz. »Wenn sie etwas entschieden hatte, dann konnte niemand das ändern. Selbst die Realität nicht.«

Ich überlegte schnell. Doch bevor ich meine nächste Frage stellen konnte, sprach er weiter.

»Sie brauchte einen durchgeplanten Alltag, um den Kopf frei zu haben und für andere da sein zu können.«

KAPITEL 18

»Wann hast du sie zum letzten Mal gesehen?«

Er biss sich auf die Lippen. Die Frage berührte die Traurigkeit in ihm. Er wandte den Blick ab.

»Wir hatten am Morgen eine Meinungsverschiedenheit. Und ja, ich hätte sie am Nachmittag ansprechen sollen, als ich sie zur Eishalle hochgehen sah.«

»Über was habt ihr gestritten?«

Er sah mich eingehend an, dann seufzte er.

»Sie gab mir Geld, wenn ich keines mehr hatte«, sagte er. »Schau, es ist nicht leicht für mich … in meinem Alter meine ich, eingestehen zu müssen … dass ich teilweise von anderen abhängig bin.«

»Hat sie dir das Geld schließlich gegeben?«

Er nickte schwach. »Ja, sie hat es immer gegeben.«

»Sie hat dich also nicht gesehen?«

»Ich denke nicht.«

»Und wohin gingst du?«

»Zum Pfarrer. Ich gehe immer zu ihm, wenn mich was bedrückt.«

Das konnte ich einfach nachprüfen. Mir kam eine Idee.

»Hast du von den Einbrüchen gehört?«

»Gehört?« Er lachte. »Natürlich. Auch dort sollte ich gemäß gewissen Menschen nach Geld gesucht haben. Was für eine abstruse Idee, bei Theresia einzubrechen, wenn ich doch einen Schlüssel habe.«

»Hast du mit ihr darüber gesprochen?«

Er sah mich stirnrunzelnd an, als wollte er abschätzen, worauf ich hinaus wollte.

»Das hab ich tatsächlich. Warum fragst du?«

»Weil ich nicht schlau daraus werde. Soweit ich informiert bin, wurde nie etwas gestohlen.«

»Das stimmt.«

Ich sah ihn erwartungsvoll an.

»Die Bibel? Natürlich weiß ich darüber Bescheid. Und du auch.«

»Was macht die Bibel so wertvoll?«

»Da musst du den Pfarrer fragen. Der weiß das bestimmt. Für Theresia hatte sie einen unschätzbaren Wert, da sie durch alle Generationen der Familie weitergereicht wurde und sie mit den Wurzeln ihrer selbst verband.«

»Ich habe mit Mathias Zumwald gesprochen.«

»Über die Bibel?«

»Nun ja ... nicht wirklich. Er wollte wissen, ob ich ihm eine Bibel besorgen könnte.«

»Er wollte klarmachen, dass er wusste, wo Theresias Bibel nun war.«

»Da irrt er sich aber. Die Bibel ist bei der Polizei.«

»Er ist stur, aber nicht gefährlich.«

»Wie kannst du dir da so sicher sein?«

Naledi überlegte kurz. »Mir fehlt bei ihm ein Motiv.«

»Du glaubst also nicht, dass seine Besessenheit für das Buch stark genug war, um ein Motiv darzustellen?«

»Nein, das glaube ich nicht.«

»Weißt du, was er herausgefunden hat?«

Naledi schwieg, und in der Stille spürte ich, dass er mehr wusste, als er zugeben würde.

»Weißt du etwas, oder nicht?«, hakte ich nach.

»Ich glaube, es ist an der Zeit, dass ich nach den Pflanzen sehe.«

Er stand auf. Ich tat es ihm gleich, spürte mein Knie zwar immer noch, biss aber frustriert die Zähne zusammen. Er begleitete mich bis zur Treppe.

»Du weißt ja, wo es nach draußen geht.«

Er machte Licht im Treppenhaus. Ich nickte tapfer und machte mich an den Abstieg.

»Ach ja.« Ich drehte mich noch einmal zu ihm um. »Nur noch eine kleine Frage.«

Er sah mich verunsichert an.

»Darf ich eines der Marmeladengläser mitnehmen?«

Für einen kurzen Moment konnte ich die Überraschung auf seinem Gesicht lesen. Dann hatte er sich wieder unter Kontrolle.

»Natürlich.« Mit einem Nicken schloss er die Tür und ich atmete einmal tief durch, bevor ich die Stufen zum Keller hinunterging.

Immer schön langsam.

Er wusste auf alle Fälle mehr, als er hatte zugeben wollen. Keine Antwort auf eine Frage zu geben, war eben auch eine Antwort.

Kaum war ich draußen, holte ich mein Handy aus der Tasche und schickte Donnie eine Textnachricht. Es würde ein bisschen später werden, bis ich mit dem Knie wieder im Buchladen war.

Je länger ich ging, desto weniger spürte ich das Knie. Eine wohlige Wärme machte sich in ihm breit, die dafür anderswo fehlte.

Die Begegnung mit Naledi hatte alle meine Theorien wie Kartenhäuser in sich zusammenstürzen lassen. Ich musste mir eingestehen, dass ich wieder am Anfang stand. Naledi als möglichen Täter gänzlich ausschließen … das konnte ich nicht. Was hatte ich durch das Gespräch erfahren?

Naledi hatte Theresia gesehen, wie sie in Richtung der Eishalle, also des Friedhofes gegangen war. Das bedeutete, dass Naledi sich im Quartier befand. Das Gespräch mit dem Pfarrer durfte nicht allzu lang gewesen sein. Er hätte also theoretisch genügend Zeit gehabt, wieder hochzugehen und Theresia auf dem Waldweg zu begegnen. Aber was wäre sein Motiv?

KAPITEL 19

»Du siehst aus, als könntest du einen Kaffee brauchen.« Ohne eine Antwort abzuwarten machte er sich an der goldenen Kaffeemaschine zu schaffen.

»Wie hast du all unsere Kunden verscheucht?«, wollte ich wissen, während ich mich, ohne mich meines Mantels zu entledigen, auf einen Barhocker setzte.

Der Laden war leer, die Straßen auch.

Er drehte sich lächelnd zu mir um und stellte mir ein Glas vor die Nase, dessen Inhalt scharf an einem unappetitlichen Gelb vorbeiging.

»Tada ... Pumpkin Spice Latte, Mademoiselle. Ich weiß, Halloween ist zwar schon lange her, aber du siehst aus, als hättest du Geister gesehen.«

Er begann den Tresen zu reinigen. »Ach ja, kennst du den schon? Ein Vampir fährt auf einem Tandem und gerät in eine Polizeikontrolle. Fragt der Polizist: ›Guten Abend, haben Sie etwas getrunken?‹ Da lächelt der Vampir und sagt: ›Nur zwei Radler.‹«

Donnie sah mich dabei nicht an. Mir ist nicht nach Lachen. Und doch verzog ich mein Gesicht zu einem müden Grinsen. Als ich aufsah, war Donnies Gesicht keine dreißig Zentimeter von meinem entfernt. Seine aufmerksamen Augen musterten mich.

»Wie wäre es, wenn du mir sagst, was passiert ist?«

»Ich bin bei Theresia gewesen.«

»Du warst wo?«

»Bei Theresia.«

»Ist jetzt nicht dein Ernst, oder?«

»Und ich bin Naledi begegnet.« Mit kurzen Sätzen brachte ich ihn auf den neusten Stand.

»Wir haben also eine sechsundachtzigjährige Frau, die wegen einer Bibel ermordet wurde, einen Adoptivsohn, der sich zur Tatzeit in der Nähe befand, aber kein wirkliches Motiv hat außer dem Streit ums Geld, einen Pfarrer, bei dem alle Pisten zusammenzulaufen scheinen, und einen Wissenschaftler, der für seine Passion vielleicht zu töten bereit ist«, fasste er zusammen. »Was wollen wir eigentlich mehr?«

»Wie meinst du das?«

»Seien wir ehrlich! Du hattest und hast immer noch Mathias Zumwald als Hauptverdächtigen im Kopf, oder?«

Ich nickte und nahm einen Schluck vom Kaffee. Er schmeckte tatsächlich köstlich. Donnie brachte es immer wieder zustande, mich zu überraschen.

»Hab ich gegoogelt. Ein Rezept für alle Fälle.«
Er zuckte die Schultern.

»Aber zurück zu dir. Willst du mir wirklich weismachen, dass du nach einem Gespräch mit Naledi ihn nicht mehr verdächtigst?«

»Nein, nicht wirklich.«

»Warum nicht?«

»Weil ...«

Ich sah mich verloren im leeren Buchcafé um.

»Ist Naledi so raffiniert?«

»Er hat mich in mehr als einer Weise überrascht. Seine Art, sein Menschsein. Verstehst du? Er ist zu glatt. Er hat eine Erklärung für alles.«

»Und er verschweigt etwas.«

Ich nickte und rührte gedankenverloren in meinem Glas.

»Ich denke, wir sind uns einig, dass Mathias Zumwald die Einbrüche begangen hat, nicht wahr?«

Ich sagte nichts. »Sein Ziel war es – aus welchem Grund auch immer – an die Bibel heranzukommen.«

Er machte eine Pause. »Naledi weiß, was Zumwald in der Bibel gefunden hat, will aber nichts dazu sagen. Das bringt uns nicht weiter. Wo sind die Schnittstellen?«

Donnie nahm ein Blatt Papier und einen Kugelschreiber zur Hand und schrieb in die Mitte Theresias Namen. Dann fügte er Zumwald und Naledi hinzu. Dann den Pfarrer, Martin Heider. Ich sah ihm dabei zu.

Donnie verband jeden Namen mit jedem mittels kurzer Pfeile, als das Telefon zu klingeln begann. Ich schnappte mir den Hörer auf dem Tresen.

»Hey, Valerie. Ich hatte mir Sorgen gemacht. Wieso gehst du nicht an dein Telefon?«

Mein Telefon?

»Hallo, Daniela. Was meinst du damit?«

»Ich habe versucht, dich auf deinem Handy zu erreichen, aber zweimal hat aufgelegt. Ich machte mir Sorgen. Was ist los?«

Donnie sah mich fragend an. Ich schüttelte nur den Kopf.

»Alles ist gut. Ich hab mein Handy verloren«, log ich.

»Aha ... hältst du mich für blöd oder für blöd? Was hast du angestellt?«

»Ich ...« Ich durchsuchte meine Jacke nach dem Handy. Ich hatte es doch noch benutzt, als ich Donnie eine Nachricht sandte. »Ich muss es verloren haben.«

»Wo könntest du es denn verloren haben?« Danielas Stimme hatte einen sarkastischen Unterton, der mir nicht gefiel. Ich biss mir auf die Lippen, traf die einzig mögliche Entscheidung. »Ich war bei Theresia.«

»Du warst wo?« Sie sprach das letzte Wort ihrer Frage so laut aus, dass ich den Hörer von meinem Ohr entfernen musste. Donnie musste es gehört haben, denn er machte mir große Augen.

Ich drehte mich von ihm weg und berichtete Daniela in kurzen Sätzen von meinem improvisierten Besuch. »Du kannst es nicht lassen, was?«

»Du kennst mich. Die Sache lässt mich nicht in Ruhe.«

»Dann habe ich eine gute Nachricht für dich. Wir haben den Täter.«

»Ihr habt was?«

»Clara Jordan ist heute zu uns gekommen und hat ausgesagt, Theresia Henzi getötet zu haben.«

KAPITEL 20

»Clara Jordan soll die Mörderin sein?« Ich legte das Telefon neben Donnie auf den Tresen. »Das kann ich nicht glauben.«

Donnie antwortete nicht, hatte aber bereits Clara Jordan auf seinem Blatt hinzugefügt und ebenfalls mit den anderen verbunden.

»Warum nicht? Ich meine, Mathias Zumwald ist ihr Bruder.«

»Ich habe noch heute Morgen mit ihr gesprochen.«

»Und was hat sie dir gesagt?«

Ich versuchte, mich zu erinnern. Es war ein langer Vormittag gewesen. Müde strich ich mir über das Gesicht.

»Sie sagte, Mathias Zumwald würde keiner Fliege was zuleide tun.«

»Siehst du.«

»Was soll ich sehen?«

Aber Donnie war schon wieder in seine Zeichnung vertieft. Er hatte begonnen, Adjektive über und unter die Striche zu schreiben. Zu klein, um sie von meiner Seite aus lesen zu können.

»Ich sollte mit Martin Heider reden. Naledi hat mich mehrmals auf ihn aufmerksam gemacht. Er weiß sicher auch mehr über Theresia und vielleicht sogar etwas über diese Bibel.«

Donnie reagierte nicht, als ich aufstand. Erst als ich mich in Bewegung setzte, blickte er auf.

»Wohin gehst du?«

»Ich gehe zum Pfarrer.«

»Aber ...«

»Hey, wolltest du nicht ein wenig mehr verdienen?«

»Schon, aber ...«

Ich blickte ihn amüsiert an.

»Ach, nichts ...«

»Ich bin auch gleich wieder zurück.«

»Natürlich.« Er legte den Kopf schief und zog die Augenbrauen hoch.

»Das wirst du bei diesem Ansturm an Kundenanfragen schon überleben.«

»Ha ha ha.«

Das Glöckchen an der Tür verabschiedete mich in den kalten Endnovembernachmittag. Ich wechselte die Straßenseite und ging an der neuen Pizzeria vorbei, dem Juwelier und dem Schuhgeschäft. Ganz natürlich nahm ich an, den Pfarrer in der Kirche zu finden.

Die Türen waren nicht abgeschlossen. Ich trat ins Halbdunkel des großen Eingangs. Im Kirchsaal standen die Bänke verlassen da. Die großen Fenster wirkten traurig. Mich schauderte, als ich den Mittelgang entlang zum Altar ging. Kein Geräusch drang von außen zu mir, was meine plötzlich bedrückte Stimmung nur noch untermalte. Kirchen lassen mich immer ein wenig wehmütig werden.

»Pfarrer Heider?«, rief ich, um auf mich aufmerksam zu machen. »Ist da jemand?«

Dann stand ich vor dem Altar. Im Hintergrund vier dunkle Säulen mit goldenen Verzierungen, die ein Bild umrahmten. Ich hätte nicht sagen können, wen die Statuen darstellten, die sich links und rechts davon befanden, aber die Auferstehung Jesu erkannte ich. Maria mit dem Jesuskind wachte darüber. Und ich musste an Theresia denken. Bald würde sie hier, so nahm ich es jedenfalls an, beerdigt werden. Wer wachte nun über sie? Innerlich fragte ich nach einem Zeichen. Irgendetwas. Vielleicht keine Federn oder 11:11-Uhr-Zeichen. Ich brauchte etwas Konkreteres, musste wissen, was sie von mir erwartete. Keine Ahnung, weshalb ich das Gefühl hatte, sie könnte mich hier hören. Ich sah mich erneut um.

»Pfarrer Heider?« Diesmal wagte ich es ein wenig leiser. Gott mag auch die leisen Menschen. Wie aus dem Nichts bewegte sich einer der roten Vorhänge neben dem Jesusbild und der Herr Pfarrer erschien. Er ordnete kurz den Vorhang, bevor er auf mich zukam.

»Was kann ich für Sie tun?« Er gab mir eine warme Hand und versteckte sie wieder in seinem Umhang. Auch er musste unter der Kälte leiden, nur war er sie in diesem Gebäude gewohnt.

Erst jetzt wurde mir bewusst, dass ich eigentlich gar keinen Plan hatte.

»Nun ja ... ich möchte mit jemandem reden.«

»Über was möchten Sie denn sprechen?«

»Über Theresia Henzi.«

Hatte er bisher auf den Boden geschaut, blickte er mich nun neugierig an.

»Theresia, ja. Sie war eine gute Frau. Tragisch, wie sie aus dem Leben scheiden musste.«

»Ich habe Naledi heute Mittag getroffen. Er hat mich an Sie weitergeleitet.«

»Hat er das?«

Ich nickte. »Er war bei Ihnen gestern Nachmittag, nicht wahr?«

Heider nickte bedächtig.

»Über was hat er mit Ihnen gesprochen?«

»Ich rede nicht über Dinge, die mir anvertraut werden.«

»Verstehe. Darf ich Sie dann fragen, wann Sie Theresia zum letzten Mal gesehen haben?«

»Wer sind Sie?«

Ich stellte mich kurz vor.

»Das muss nicht einfach sein für Sie. Ich verstehe, dass Sie auf der Suche nach mehr Klarheit sind. Nun, ich sah sie nach der Unterhaltung mit Naledi.«

»Und wo haben Sie sie gesehen?«

»Auf dem Waldweg zum Friedhof. Sie war im Gespräch mit diesem Wissenschaftler ...«

Er unterbrach sich, kam ihm doch der Name nicht mehr in den Sinn. Mein Herz begann schneller zu schlagen.

»Zumwald? Mathias Zumwald?«

Er blickte mich an. »Genau. Aber er ist nicht Wissenschaftler ...«

»Er ist Historiker.«

»Genau. Historiker.«

»Ist Ihnen etwas Unübliches aufgefallen? Haben sich die beiden vielleicht gestritten?«

Er überlegte kurz und schüttelte dann den Kopf. »Nicht dass ich wüsste, nein. Beide lächelten, als ich ein kurzes Wort mit ihnen sprach.«

Lächelten?

»Sind Sie da sicher?«

Er überlegte erneut. »Ja, so ziemlich sicher, warum fragen Sie?«

»Was geschah dann?«

»Dann? Nun, ich sprach kurz mit Ihnen. Dann verabschiedete sich Theresia Henzi von uns und kurz darauf ging auch ich weiter.«

»Folgte Mathias Zumwald Theresia?«

»Nun, pauschal weiß ich das natürlich nicht, aber während ich mich in Richtung des Friedhofs aufmachte, ging er in dieselbe Richtung, in die auch Theresia gegangen war.«

KAPITEL 21

Mit einem Satz hatte er meine ganze Aufmerksamkeit.

»Ich habe das alles aber schon der Polizei gesagt. Und auch Naledi hat mich danach gefragt.« Pfarrer Heider sah mich dabei an.

»Naledi?« Ich versuchte, die Information einzuordnen. Er schwieg.

»Ich ... ich kann den Vorfall einfach nicht vergessen. Immerzu stelle ich mir die Frage, weshalb Theresia zu mir kam. Sie hätte ja auch ...«

»Theresia war eine starke Frau. Es war nicht leicht für sie gewesen, gegen die Ansichten von allen Naledi noch im hohen Alter zu adoptieren. Aber sie hat uns alle etwas gelehrt. Man ist nur so stark, wie man glaubt zu sein. Ich hadere immer noch mit der Tatsache, dass ich ihr abgeraten hatte, Naledi zu adoptieren. Nicht wegen Naledi selbst, aber im Wissen um ihre Situation und der Stärke, die nötig sind, um dem Kind eine gute Mutter zu sein. Und das war sie. In jeder Art und Weise.«

»Ich habe gehört, dass sie öfter Meinungsverschiedenheiten hatten.«

»Wie wohl in jeder Familie.«

»Natürlich.«

Ich schwieg einen Augenblick.

»Sie wissen von der Bibel?«

Heider nickte. »Ja, ich wusste von der Bibel.«

»Sie hat sie mir gebracht.«

»Ich denke, Theresia fand in ihren Wurzeln die nötige Kraft und den Glauben. Und als nach der Adoption die meisten aus ihrer Familie nichts mehr mit ihr zu tun haben wollten, hat sie mit Naledi einen Weg gefunden, sich mit ihrer Geschichte zu versöhnen.«

»Was ist passiert?«

Er sah mich an. »Da kann ich Ihnen leider nicht weiterhelfen. Ich kenne die Familiengeschichte nicht. Ich weiß nur, dass sie darunter gelitten hat, bis diese Bibel aufgetaucht ist.«

»Woher hatte sie das Buch?«

»Ich weiß es nicht. Aber es hat sie verändert. Kurz darauf hat sie das Adoptionsverfahren für Naledi eingereicht.«

Die Adoption war also eine Reaktion, keine Aktion gewesen. Eine Art, mit der Vergangenheit ins Reine zu kommen. Und der Auslöser war die Bibel. Die Frage war nun, wie das Buch in ihr Leben gekommen war. Vielleicht lag in der Beantwortung dieser Frage auch die Erklärung für ihren Tod.

»Ich möchte nicht unhöflich erscheinen, aber ich sollte ...«

»Aber natürlich. Haben Sie vielen Dank.«

Der Pfarrer nickte und zog sich hinter denselben Vorhang zurück, aus dem er erschienen war.

In meinem Kopf schlugen unzählige Theorien Purzelbäume. Ich hatte das Gefühl, der Lösung einen großen Schritt näher gekommen zu sein, wusste aber nicht, wie ich die neuen Informationen einordnen sollte.

Ein bisschen frische Luft würde mir guttun.

Die schwere Tür gab nur langsam nach, als wollte mich die Kirche in ihrem Inneren behalten.

Und dann stand ich auf dem gedeckten Vorplatz, sah, wie es bereits eindunkelte, und hörte, wie die Tür hinter mir ins Schloss fiel.

»Ah, da bist du ja!«

Am liebsten wäre ich in diesem Moment wieder reingegangen.

»Dachte nicht, dass ich dich hier finde.« Bärbel schniefte, als stünde die Kirche auf einem Zweitausender.

»Was machst du denn da?«, fragte ich.

»Ich hab mir Sorgen gemacht.«

»Du und Sorgen?«

»Hör mal, du gehst nicht an dein Handy.«

»Ich hab es verloren.«

»Was hast du bloß wieder angestellt?«

»Warum denkt hier jeder, man könne mir nicht vertrauen?«

»Jeder? Willst du mir was sagen?«

Ich verwarf die Hände und begann, um die Kirche herumzugehen. Sie folgte mir eiligen Schrittes.

»Nicht so schnell, Liebes.«

»Ich bin nicht dein Liebes.«

»Du brauchst wirklich einen Freund.«

»Was?« Ich blieb stehen und fixierte sie.

»Ach, nichts.«

Ich schüttelte den Kopf und ging weiter.

»Ich habe diese App benutzt.«

»Was für eine App denn?«

»Die mit der Ortung.«

»Du hast mein Handy geortet?«

»Machen die doch auch bei Lawinen und so.«

»Mama, hier gibt es keine Lawinen!«

»Wie kann ich das wissen?«

Ich schüttelte erneut den Kopf.

»Und dann habe ich noch mehr Angst bekommen.«

»Wieso das denn? Ist dein Handy abgestürzt?«

»Du kannst ja gut Witze darüber machen. Mir war plötzlich bange ums Herz. Jetzt wart mal kurz!«

Sie hielt mich am Ärmel zurück, als ich auf den Gehsteig der Hauptstraße treten wollte. Widerwillig hielt ich inne und wandte mich ihr zu.

»Gut.« Ich atmete tief durch. »Warum hattest du Angst?«

»Na, geht doch.« Sie hatte diesen süffisanten Blick, für den ich sie in jede Wüste geschickt hätte. Ohne Kamel. Ohne Sonnenschutz. Ohne Handy.

»Die App hat dein Handy orten können.«

Sie machte eine Pause und freute sich sichtlich über den Vorteil, den ihr dieser Sachverhalt gab.

»Na, dann weißt du ja, wo ich war.«

»Eben.«

»Was denn?«

Und plötzlich kam mir der Gedanke, dass ...

»Die App hat es im Wald geortet. Gleich neben deiner Wohnung.«

»Im Wald?«

»Du hast richtig gehört. Darum habe ich dann noch mal versucht, dich zu erreichen, aber das Handy war plötzlich ausgeschaltet.«

»Wie hast du mich gefunden?«

»Ich bin in den Buchladen. Donnie hat mir erzählt, was passiert ist.«

»Im Wald sagst du?« Ich war verwirrt.

Sie nickte.

»Aber ich war doch gar nicht im Wald heute Morgen.«

»Wo warst du dann?«

»Guter Versuch.«

Ich überlegte kurz.

»Hast du Lust auf einen kleinen Spaziergang?«

KAPITEL 22

»Ach ... puh! Ist das spaahahahannend ... wir sind jetzt ... ach! Detektive .... also so ... ach, du meine Güte! Richtige ... was? ... wie in den Fiih ... lmen ... mein guter Ernst, ist das steil!«

Sie ging etwas hinter mir, verlangsamte mit jedem Meter und atmete nun wie ein Nilpferd. Das lag vielleicht auch daran, dass der schnellste Weg von der Kirche zum besagten Wald die Gänsebergstraße hinaufführte. Diese eher steile Passage hinter dem Einkaufszentrum ermöglichte es Bärbel nicht, gleichzeitig zu atmen, zu sprechen und zu überlegen. Die Mischung ergab sehr schnell ein schwer verständliches Stakkato bestehend aus Seufzern, lautem Schnaufen und hervorgepressten Wortfetzen. Trotzdem hatte sie es geschafft, während des Gehens ihr Handy hervorzuholen. Als wir schließlich den Buchenweg erreichten, war auch die App wieder eingeschaltet.

»Mist!«, schniefte sie.

»Was ist denn?«

»Das Handy ist aus. Die App findet dich nicht mehr.«

»Aber du erinnerst dich doch daran, wo das war, oder nicht?«

Mittlerweile sah man die ersten Fenster in der Dämmerung leuchten. Mir war warm vom Aufstieg und trotzdem fröstelte ich. Definitiv nicht meine Jahreszeit. Die Nacht würde uns einholen.

»Naja ... so genau ...«

Sie drehte sich einmal um die eigene Achse.

»Erinnerst du dich an etwas, irgendetwas, das uns helfen könnte?«

Sie überlegte und atmete und überlegte und atmete.

»Komm, es dunkelt schon mächtig.« Ich setzte mich wieder in Bewegung. Wir erreichten den Pfad am Waldrand, ohne dass sie darauf reagierte. An dieser Abzweigung musste auch Theresia gestanden haben. Würden wir dem Weg folgen, kämen wir an die Stelle, wo Pfarrer Heider Zumwald und sie gesehen hatte. Bogen wir ab, würden wir uns auf dem Weg wiederfinden, der letztendlich zu den Häuserblöcken führte, wo ich seit Kurzem wohnte.

Unentschlossen blickte ich nach links und rechts. Was nun?

»Ich weiß nicht, wo genau dein Handy geortet wurde, aber es war nicht so tief in der Wildnis.«

»In der Wildnis?«

»Naja ... in dem Dickicht hier halt. Eher näher bei deiner Wohnung.«

Ich nickte und nahm den Pfad, der keine zwanzig Meter in den Bäumen den Waldrand begleitete. Schweigend erreichten wir den Vita-parcours-Posten. Ich blieb erneut stehen. Die Dunkelheit um uns hüllte unsere Blicke in Ungewissheit.

Zu meiner Linken konnte ich die Silhouetten der Häuser ausmachen. Einige Lichter drangen sogar bis zu uns. Ansonsten war da eine dunkle Schattenwelt. Wie hatte es mein Handy hierher geschafft? Konnte ich Bärbels App überhaupt trauen?

Im einen Fall musste jemand es manuell ausgeschaltet haben, nachdem Bärbel versucht hatte, mich anzurufen. War die Batterie zu Ende, musste mit Sicherheit jemand darauf herum-spioniert haben. Die Batterie war nämlich geladen gewesen, als ich Donnie die Nachricht zukommen ließ.

Ich wusste nicht, welche Idee mir mehr missfiel. Die grundlegende Frage war aber, wie das Handy überhaupt hierhergekommen ist.

Ich blickte mich um. In dieser Dunkelheit war es ein Ding der Unmöglichkeit, ein Handy zu finden. Etwas weiter blitzte ein Licht im Wald auf. Bärbel machte mich darauf aufmerksam. Ein Spaziergänger mit Taschenlampe.

Ich setzte mich in Bewegung. Es war an der Zeit, zurück in die Buchhandlung zu gehen. Ich spürte die Frustration in mir größer werden. Wir gingen der Silhouette mit der Taschenlampe entgegen. Einen Hund konnte ich aber nicht ausmachen. Plötzlich verließ die Person den Weg. Ich hielt an, während Bärbel mich am Ärmel zupfte und nach vorne deutete.

Die Taschenlampe zog nun helle Bahnen im Unterholz. Hin und her, als würde die Person etwas suchen.

Mein Interesse war geweckt.

Ich legte den Zeigefinger an meine Lippen, um meiner Mutter zu signalisieren, dass sie leise sein sollte. Sie sah mich mit großen Augen an, legte dann ihrerseits den Zeigefinger an die Lippen und nickte.

Die Gestalt schien uns nicht bemerkt zu haben. Ich duckte mich und ließ sie nicht mehr aus den

Augen. Schleichend verließ ich den Weg. Das ging genau drei Schritte gut so. Dann verfing sich mein Fuß im Unterholz. Ein Ding der Unmöglichkeit, selbst mit rudernden Armen, mein Gleichgewicht wiederzuerlangen. Ich fiel der Länge nach hin, begleitet durch ein lautstarkes »Aua!« meiner Mutter.

Natürlich hatte man uns gehört. Der Schein der Taschenlampe erfasste zuerst mich, dann Bärbel.

Dann begann die Person zu lachen.

Wie unverschämt!

Ein unverkennbares Lachen.

Heilige Sch...!

»Was machst du denn hier?«, fragte Naledi und trat zu uns.

»Das Gleiche wollte ich dich fragen«, gab ich trotzig zurück. Er reichte mir die Hand und half mir auf die Beine. Ein weiteres Mal wurde ich durch seine Größe beeindruckt.

»Guten Abend«, sagte er in Richtung meiner Mutter, der es die Sprache verschlagen hatte. Ich klopfte mir die Blätter vom Mantel.

»Was suchst du hier um diese Zeit?«, wollte ich wissen.

»Es stimmt etwas nicht mit dem Zeitablauf.«

»Dem Zeitablauf?«

»Ja, zwischen dem Moment, wo Pfarrer Heider Zumwald und Theresia gesehen haben will, und dem Moment, wo sie bei dir an der Wohnungstür auftauchte.«

Ich hätte mich ohrfeigen können. Wieso hatte ich den Pfarrer nicht nach der Uhrzeit gefragt?

»Wirklich?«

»Du hast nicht nach der Uhrzeit gefragt?«

Selbst im Dunkeln konnte ich das Lächeln spüren, das seine Lippen formten.

»Na, und?«

»Ach, komm schon. Niemand ist perfekt.«

»Dann ermitteln Sie hier?«, mischte sich meine Mutter ein.

»Vielleicht, vielleicht auch nicht.« Er blickte sie kurz an.

»Oh ... ich bin Valeries Mutter. Wir suchen ihr Handy.«

Ich machte ihr große Augen, aber es war schon zu spät.

»Ihr Handy?«

»Ich hab es verloren. Ihre App soll es hier irgendwo geortet haben.«

»Was tatest denn du hier?«

»Das ist es ja. Ich war gar nicht hier heute.«

»Wann hast du das Handy denn verloren?«

»Das ist vielleicht zwei, drei Stunden her. Was stimmt den nicht mit den Zeitangaben?« Ich wechselte das Thema.

»Nun, ich bin den Weg hier abgelaufen. Und zwar so langsam wie möglich. Aber ich war immer noch zu schnell, wenn ich den Angaben unseres Pfarrers und den Angaben der Polizei Glauben schenken will.«

Ich hätte zu gern gewusst, wie er zu den Polizeiangaben gekommen war. Im Moment aber interessierte mich etwas anderes.

»Du meinst, Theresia ist nicht direkt zu mir nach Hause gekommen?«

»Ich glaube es nicht, Valerie. Ich weiß es.«

»Aber wo war sie dann? Ich meine, mit der Verletzung kann sie ja nicht ... oh!«

»Genau«, bestätigte Naledi. »Voraussetzung ist die Verletzung. Und wenn sie in dem Moment noch unverletzt war, als sie hier vorbeiging?«

Er zeigte mit dem Arm um sich; die Taschenlampe schälte Baumstämme aus dem Dunkeln.

»Das würde bedeuten, dass da außer Heider und Zumwald noch jemand anderes war, der sie aufgehalten hat.«

KAPITEL 23

»Könnte das wirklich sein, dass Clara Jordan die Täterin ist?«

Donnie sah mich mit zusammengekniffenen Augenbrauen an.

»Wenn Naledis Theorie stimmt, kann das durchaus sein. Zu dem Zeitpunkt sprach Heider mit unserem Hauptverdächtigen und gibt ihm dadurch ein astreines Alibi. Naledi würde nicht bei Nacht und Nebel seine eigenen Nach-forschungen anstellen, wenn er der Täter gewesen wäre. Ich denke wir können ihn ausschließen. Aber was wäre ihr Motiv?«

Ich entledigte mich meines Mantels und fühlte mich plötzlich ausgelaugt. Zum Glück schien es meiner Mutter ähnlich zu gehen, denn sie hatte sich erstaunlich schnell verabschiedet, als wir die Buchhandlung erreichten. Sie wisse ja, wie viel ich zu tun hätte, und wollte deshalb auch keinen Kaffee haben. Den hatte ich ihr allerdings gar nicht angeboten. Wie auch immer, Ernst verlangte nach ihrer Präsenz.

Und Hunde ließ man nicht warten.

»Ich muss gestehen, ich glaube ihr nicht. Sie will ihren Bruder beschützen. Theoretisch kann es durchaus sein, dass Zumwald Theresia nach dem kurzen Gespräch mit Heider folgte und sie ein zweites Mal zur Rede stellte. Das würde dann auch die Verspätung erklären, mit der Theresia bei mir ankam. Die Frage ist dann, weshalb will sie ihn beschützen.«

»Oder wovor.«

»Sag ich doch. Wenn sie ihn schützen will, weiß sie etwas und das macht ihn wiederum wieder verdächtiger denn je.«

»Ach ja, deine Mutter muss dann noch das Buch bezahlen, das sie mitgenommen hat. Sie hatte ihre Brieftasche nicht dabei, sagte sie.«

Ich verdrehte die Augen.

»Und ich hab jetzt Feierabend.« Donnie verschwand im Räumchen, das uns als Buchlager, Rückzugsort und Putzschrank diente und kam mit seiner Jacke wieder.

»Donnie?«

»Ja?«

»Danke.«

Ein Lächeln huschte über sein Gesicht.

»Aber gern doch. Und diese eine Stunde wirst du bei diesem Ansturm an Kunden auch überleben.«

Ich schnitt ihm eine müde Grimasse.

Kaum hatte sich die Tür hinter ihm geschlossen, fühlte ich mich ein wenig verloren. Mich in Gedanken zu verlieren, kam überhaupt nicht in Frage. Deshalb entschied ich, mir eine Liste von den Büchern zu machen, die ich nachbestellen wollte. Donnie musste das Klemmbrett verlegt haben. Als ich in die Kammer des Schreckens trat, hätte ich meine Pläne um ein Haar geändert. Hier standen noch dutzendweise Kartons und Bücher herum und Ordner, lose Blätter und Lieferscheine. Irgendwo in dem Chaos fand ich dann auch das Klemmbrett. Erleichtert hörte ich die Eingangsglocke einen Besucher ankündigen. Die beste Entschuldigung, die es geben konnte. Das hier konnte schließlich warten.

Mit zwei Schritten stand ich im Laden und blieb wie angewurzelt stehen.

»Guten Abend, Frau Birbaum.«

Er trug dieselben Kleider wie am Vortag, wenn mich meine Erinnerung nicht täuschte, und auch denselben Blick auf mir. Mein Lächeln fror mir auf den Lippen ein – und das lag nicht an der kalten Luft, die sich mit ihm einen Weg in den Laden gebahnt hatte.

»Guten Abend, Herr Zumwald.« Ich legte das Brett vorsichtig auf den Tresen. Als könnte es wie Glas zerspringen.

»Kalt heute, nicht?«

»Wir sind ja auch schon Ende November. Irgendwann muss der Winter ja anklopfen.«

Er nickte und sah sich um.

»Was kann ich für Sie tun?«

»Ich will die Bibel.« Er fixierte mich mit seinen dunklen Augen. Wie beim letzten Mal war ich froh, den Tresen zwischen uns zu wissen.

»Welche Bibel denn jetzt?«

»Sie wissen genau, von welcher ich spreche. Diejenige, die Theresia Ihnen gegeben hat.«

»Ich habe sie nicht.«

»Sie lügen.« Das kam kurz und bündig. »Ich bin nicht von gestern, verstehen Sie.«

»Ich habe sie wirklich nicht.«

Er legte den Kopf schief. »Sie haben sie nicht?«

»Nein, die Polizei hat sie mitgenommen.«

»Die Polizei?« Jetzt hörte ich Verzweiflung aus seiner Stimme.

»Sie ist ein Beweisstück in einem Mordfall.«

Zumwald schien mit allem gerechnet zu haben, aber nicht damit. Sein Gesicht fiel in sich zusammen. Er tat mir fast leid.

»Aber ...«

»Es tut mir leid. Aber darf ich Sie fragen, weshalb Sie dieses Buch unbedingt haben wollen und dafür sogar vor Einbrüchen nicht zurückschrecken?«

Seine Schultern sackten ab. Er erinnerte mich plötzlich an einen Schuljungen, der seine Abschlussprüfung nicht bestanden hat.

»Das können Sie nicht verstehen. Es geht um Leben und Tod.«

»Um Leben und Tod?«

Erschrocken blickte er mich an.

»Oh ... also nicht wirklich. War nur so eine Redensart.«

»Sie scheinen mir nicht jemand zu sein, der leichtfertig mit der Sprache umgeht.«

Er schwieg verlegen.

»Wie auch immer ...« Er sah zu Boden.

Als er sich aufrichtete, hatte er plötzlich wieder dieses Furchteinflößende an sich. Instinktiv sah ich mich vor.

»Ich werde sie noch bekommen. Es darf nicht anders sein. Ich seh mich noch ein wenig um.«

Ich nickte nur und sah zu, wie er an den Regalen entlangschlenderte. Der unangenehme Druck in mir ließ nicht nach. Und so zog ich mich in die Besenkammer zurück. Hier konnte ich tief durchatmen, ohne gesehen zu werden.

Aber selbst hier hörte ich seine Schritte. Mir fiel wieder dieser Spruch ein, wonach nicht der Anblick der Spinne schwierig ist, aber der Moment, wo sie plötzlich nicht mehr sichtbar ist. Mich schauderte. Wie kam ich am besten wieder aus dieser unangenehmen Situation heraus? Jemanden anrufen? Zu dumm, dass ich mein Handy nicht mehr bei mir hatte! Und das Buchladentelefon lag auf der Theke. Ich war noch unschlüssig, was ich tun wollte, als ich die Türglocke hörte. War er gegangen oder jemand Neues gekommen?

Vorsichtig spähte ich in den Ladenbereich. Zumwald war gegangen. Erleichtert trat ich hinter den Tresen und ließ meinen Blick über den Raum gleiten. Alles schien noch wie vorher zu sein. Was für ein kurioser Mensch!

Dann fiel mein Blick auf den Tresen und mein Herzschlag setzte für einen kurzen Moment aus.

KAPITEL 24

Einige Minuten starrte ich fassungslos auf mein Handy. Das half mir aber nicht wirklich weiter. Denn eine andere Erklärung gab es nicht. Zumwald musste es hiergelassen haben. Er hatte das Handy ausgeschaltet. Er war mir also gefolgt.

Mich schauderte bei dem Gedanken.

Schließlich konnte ich mich aus meiner Starre lösen. Ich hab mein Passwort ein, scrollte durch die Menüs. Alles beim Alten. Nichts schien anders und doch hatte ich plötzlich das Gefühl, als habe Zumwald eine Grenze überschritten. In diesem Moment wurde ich mir bewusst, wie intim ein Handy sein kann. Ich fühlte mich verletzt und schmutzig. Als wäre jemand in meiner Abwesenheit in meinem Schlafzimmer gewesen.

Eine WhatsApp-Nachricht fand den Weg auf den Bildschirm, dann noch eine und noch eine. Meine Mutter. Mindestens fünf Mal. Und Chris.

Ich öffnete seine Mitteilung und nahm zur Kenntnis, dass er am morgen Abend Zeit für mich hatte; eine Sitzung war abgesagt worden. Ich überlegte kurz. Würde Donnie den Laden für mich schließen? Ich bezweifelte es ein wenig nach der Reaktion im Schnellimbiss und dem heutigen Tag. Ich brauchte aber seine Zustimmung. Mit einem Seufzer schickte ich ihm eine Nachricht. Chris würde auf meine Antwort warten müssen.

Den Rest der Zeit verbrachte ich mit Warten und dem Gefühl, nichts wirklich tun zu können. Aber vielleicht hatte Zumwald mein Handy gar nicht näher angesehen. Vielleicht hatten die Anrufe meiner Mutter ihn abgeschreckt.

Vielleicht war er gar nicht der Mensch, den er gab. Aus den vielen Vielleicht wurde das Ganze nicht viel leichter.

Ich habe gelesen, dass Katzen zweiunddreißig Muskeln in jedem Ohr haben. Hemingway nutzte sie alle, um mich zu ignorieren, als ich endlich die Tür zu meiner Wohnung hinter mir schloss. Er wartete auf dem Küchentisch. Eine Sphinx mit anschuldigenden Augen.

»Ich weiß ja, was du denkst«, sagte ich, während ich mich meiner Tasche und der Schlüssel entledigte. Ich hatte keine Ahnung.

Aber das wollte ich ihm nicht sagen. Er blickte mich ausdruckslos an, bewegte sich nicht. Ich verdrehte die Augen.

Männer!

Ich beeilte mich, ihm etwas zu essen vorzusetzen. Hemingway senkte halbwegs die Nase in Richtung Teller, hob den Kopf und verließ die Küche.

Mit einem Seufzer ließ ich mich auf einen Stuhl fallen. Meine Energie war aufgebraucht.

Ich kontrollierte mein Handy. Donnie hatte die Nachricht gelesen, aber nicht geantwortet. Ich legte das Handy zurück auf den Tisch.

›Aber es musste ja so kommen.‹

Clara Jordan hatte das gesagt. In der Buchhandlung.

›Wissen Sie, es wird mitunter sehr schwierig in einer Familie, wenn niemand redet.‹

Sie hatte sich mir anvertraut. Eine Frau, die sich nur eins wünschte: Frieden. Was ist man dafür zu opfern bereit?

›Ich möchte nicht, dass es hier zu falschen Interpretationen kommt.‹

Ich folgte meinen Gedanken. Alle Informationen schienen gleichzeitig da zu sein. Langsam setzte sich ein Bild zusammen.

›Glauben Sie, dass Mathias etwas mit dem Tod von Theresia zu tun haben könnte?‹

›Ich glaube nicht.‹

Und dann fiel es mir wie Schuppen von den Augen. Wie hatte ich das übersehen können!

Schnell griff ich zum Handy.

Wie immer meldete sich Daniela sehr schnell.

»Was hast du mir wieder zu beichten?«

Ich verdrehte die Augen.

»Keine Zeit für Glaubensfragen. Wo ist Clara Jordan?«

»Frau Jordan? Nun, die ist nach Hause gegangen.«

»Wann?«

»Tja ... so in etwa vor einer halben Stunde. Ihre Aussage hat nicht gereicht, um ...«

»Hör zu«, unterbrach ich sie. »Du musst mich hier abholen kommen. So schnell wie möglich.«

»Was ist denn los?«

»Vertrau mir. Ich weiß, wer Theresia Henzi umgebracht hat. Ich warte an beim Bahnhofskreisel auf dich. Beeil dich.«

Eines musste man Daniela lassen. Sie stellte nie unnötige Fragen. Und so nahm ich meine Tasche, meine Schlüssel, meinen Mantel und schlüpfte in meine Winterschuhe. Als ich die

Tür schließen wollte, zeigte sich Hemingway im Eingang.

»Zu spät, mein Lieber. Aber bin gleich zurück!«

Ohne schlechtes Gewissen schloss ich ab und hastete die Treppe hinunter.

Die Nacht schien schon Stunden alt und doch war es erst kurz vor acht Uhr. Wieso hatte ich das nicht vorher gesehen? Für den Weg am Hasliparkplatz vorbei, dann die Bahnhofstraße hinunter, brauchte ich nur wenige Minuten. Daniela wartete schon. Ich stieg zu.

Sie startete den Motor. »Wohin?«

»Wir müssen nach Tafers zu den Jordans. Und ich hoffe, dass wir nicht zu spät kommen.«

KAPITEL 25

»Und du bist dir sicher?«

Ich nickte. Den Gedanken, dass ich mich getäuscht haben könnte, durfte ich erst gar nicht zulassen. Nein, alles ergab nur so einen Sinn. Zumwald, Naledi, Clara Jordan. Es konnte sich nur in dieser Weise abgespielt haben.

Daniela bog an der Tankstelle in Tafers links ab.

»Du weißt, was das bedeutet?«

Ich nickte.

»Ich kann mich nicht täuschen.«

Ich spürte, wie sie mich von der Seite her ansah, wagte es aber nicht zurückzublicken. Ich wusste aus eigener Erfahrung, dass Gewissheit manchmal ein zweischneidiges Schwert ist, da man eine Situation nur aus seiner eigenen Perspektive beurteilen konnte. Das hatte ich bei meiner Scheidung schmerzlich in Erfahrung bringen müssen. Aber das hier war etwas ganz anderes, beruhigte ich mich.

Schließlich erreichten wir den Brunnenweg, der zum Schießstand führt. Sie parkte ihren Wagen hinter einem blauen Kombi ohne Nummernschild. Daneben stand ein dunkler Renault in der Auffahrt und ein grauer Mitsubishi.

»Den Wagen kenn ich«, sagte Daniela, als wir ausstiegen. Sie deutete auf den Japaner und war plötzlich angespannt.

»Clara Jordan?«, fragte ich und sah zu den hell erleuchteten Fenstern im oberen Stockwerk hoch.

Sie schüttelte den Kopf. »Zumwald.«

Ich zog die Augenbrauen zusammen und folgte ihr die Treppe zur Haustür hinauf. Damit hatte ich nicht wirklich gerechnet. Meine Nervosität stieg, als Daniela klingelte.

Keine Antwort. Nichts regte sich im Innern.

Wir tauschten einen Blick aus. Ich ging einige Stufen nach unten, konnte aber in den Fenstern nichts erkennen. Daniela klopfte nun lautstark an die Tür.

»Polizei! Machen Sie auf!«

Ein wenig Licht drang daraufhin ins Innere des Eingangsbereichs. Dann stand Peter Jordan vor uns.

»Ja?«

»Ist Clara Jordan zu Hause?«, wollte Daniela wissen.

Er sah mich an, dann wieder Daniela.

»Nein, sie ist nicht da.« Der Mann schien ein wenig zerstreut zu sein.

»Dürfen wir trotzdem hereinkommen?«

Er blickte kurz über seine Schulter, als müsste er abwägen, was zu tun war. Dann seufzte er und trat einen Schritt zur Seite. Daniela ging ohne ein weiteres Wort an ihm vorbei. Ich war ihr dicht auf den Fersen.

Auf der Schwelle der Küche blieb ich wie angewurzelt stehen. Am Tisch saßen zwei Männer.

»Hallo, Valerie«, begrüßte mich Naledi Henzi jovial. Zumwald blickte nicht hoch. Er hatte seine Hände auf dem Tisch liegen und blickte sie an, als wären sie das Letzte, was ihm geblieben ist.

Hinter mir drängte Jordan in die Küche.

»Ihr kennt euch ja schon.« Er setzte sich ans Tischende.

»Mich kann man ja auch schwer verwechseln.« Henzi lachte. Ich blickte zu Daniela hinüber und in ihrem Blick sah ich Unsicherheit. Ich lächelte ihr aufmunternd zu und versuchte, meine Überraschung zu verbergen. Was mir sicherlich misslang. Mit der Konstellation hatte ich nun wirklich nicht gerechnet.

»Das nennt man eine Überraschung«, sagte ich. Es war das Einzige, was mir einfiel und es klang nicht so sicher, wie ich es gerne gehabt hätte. Schnellentschlossen ergriff ich einen der Stühle und setzte mich zu den Männern an den Tisch.

»Was hat dich darauf gebracht?« Ich spielte die Lässige, als hätten wir uns alle auf einen Kaffee mit Kuchen und Getratsch getroffen. Henzi lächelte matt.

»Ich denke, also bin ich. Ich bin, also handle ich. Man ist genauso verantwortlich für das, was man tut, wie für das, was man nicht tut. Aber fangen wir doch von vorn an.«

Er wandte sich Zumwald zu.

»Willst du es den Frauschaften erzählen?«

Zumwald blickte immer noch stur vor sich hin, richtete sich aber dann ein wenig auf und strich sich mit den Händen über die Hosenbeine.

»Es ist eine lange Geschichte.«

»Wir haben Zeit.« Daniela verschränkte ihre Arme vor der Brust und lehnte sich gegen das Küchenbuffet. Er blickte sie kurz an.

»Und keine einfache.«

Zumwald suchte nach den richtigen Worten. Er schwitzte.

»Um zu verstehen, was passiert ist, muss ich euch zuerst von der Bibel erzählen. Theresias Bibel. Jacob Buchmann, dem sie gehörte, stammte aus einer angesehenen Handelsfamilie. Sie betrieben eine Mühle hier in Düdingen. Er heiratete Agatha, Tochter aus einer Bauernfamilie. Sehr zum Leidwesen seiner Eltern. Aus der Beziehung gingen zwei Kinder hervor, Jacob junior und Christina.«

»Allerdings starb Agatha während der Geburt der Tochter«, erzählte nun Jordan die Geschichte weiter. »Da der Vater den Tod seiner Frau nicht verkraftete, kümmerten sich seine Eltern um die Kinder. Der Sohn wohnte bei ihnen. Die Tochter wurde in eine Art Heim gegeben.«

»Das hört sich vielleicht schlimm an, war aber zu der Zeit üblich«, warf Zumwald ein. »Zumal die Eltern ja mit der Herkunft von Agatha und der ganzen Hochzeit nicht einverstanden waren.«

»Man räumte auf«, nickte ich und kassierte einen strafenden Blick von Daniela.

Ich ignorierte sie einfach.

»Wie auch immer.« Zumwald seufzte. »Als Jacob Buchmann 1835 starb, ist sein Sohn zwölf

Jahre alt und wird in das Familienunternehmen eingebunden.«

»Wir sind uns einig bei der Tatsache, dass Jacob junior sehr wahrscheinlich nichts von seiner Schwester wusste, da er noch zu klein war, als sie weggegeben wurde«, ergänzte Jordan.

Zumwald nickte stumpf.

»Das denke ich auch. Um gute Christen zu bleiben, sorgten die Eltern jedoch dafür, dass Christina bei Jacob als Haushälterin eingestellt wird.«

»Wir schreiben das Jahr 1840, Christina ist sechzehn Jahre. Die beiden fühlen sich sofort verbunden. Als sie aber schwanger wird, wird sie aus der Familie ausgestoßen. Jacob junior wird durch seine Großeltern verheiratet.«

»Drei seiner Kinder überleben. Drei Söhne.«

»Auf seinem Sterbebett übergibt Jacob junior seinem dritten Sohn, der sich für ein klösterliches Leben entschieden hatte, die Hochzeitsbibel und erzählt ihm von seiner Jugendliebe Christina.«

»Und so nimmt das Schicksal seinen Lauf. Dieser Mönch hatte Zugang zu den Familiendokumenten.«

Zumwald lächelte bitter. »Er hielt die Tatsachen in der Bibel selbst fest.«

»Wieso hat er die Botschaft verschlüsselt?«, wollte ich wissen.

Zumwald blickte kurz auf. »Politik und Kirche war schon immer ein schwieriges Thema gewesen. Niemand durfte wegen der Geschichte sein Gesicht verlieren. Schon gar nicht eine reiche Handelsfamilie der Region.«

»Was geschah dann?«, wollte Daniela wissen.

»Nun.« Jordan blickte zu ihr hinüber. »Das wissen wir nicht. Nach dem Tod des Mönchs verlor sich die Spur der Bibel. Irgendwann tauchte sie dann wieder auf.«

»Was vielleicht wichtig ist, ist die Tatsache, dass Christina ihre uneheliche Tochter geboren hat. Sie überlebte Christina.«

»Um mehr als zehn Jahre.«

»Dann ist das das ganze Geheimnis? Ein uneheliches Kind und ein Inzest?« Ich blickte von einem zum anderen.

»Nur nicht so schnell, meine Gute.« Naledi lächelte mich an, als wäre ich eine Gazelle unter LSD. »Das ist nur der Anfang.«

KAPITEL 26

»Wie kam die Bibel zu Theresia?«

Zumwald und Jordan tauschten einen kurzen Blick aus. Ich konnte nicht sagen, ob es diese stille Absprache war oder das etwas zu lange Schweigen, das mich mehr verunsicherte.

»Da bin ich sehr wahrscheinlich nicht ganz unschuldig daran«, gab Peter Jordan schließlich zu. »Ich habe mich wegen meiner Frau für die Familiengeschichte zu interessieren begonnen. Ohne zu wissen, was für Staub ich da aufwirbeln würde.«

»Vielleicht war es einfach Zufall«, rechtfertigte Zumwald.

»Wie dem auch sei, ich hatte die gute Idee gehabt, die Familienmitglieder nach Informationen zum Familienbaum auszufragen. Dabei erinnerte sich jemand, Dokumente auf dem Dachboden zu haben. Es hat allerdings dann noch einige Zeit gedauert, bis ich sie einsehen konnte.«

Ich war von der Einfachheit der Erklärung ein bisschen enttäuscht, hatte ich doch mehr dahinter erwartet.

»Und wie das Leben so will, fand ich in den Aufzeichnungen das exakte Datum der Heirat. Dazumal wäre eine Heirat ohne Bibel nicht möglich gewesen. Deswegen folgte ich dem Stammbaum bis zum Mönch. Das Kloster besaß die Bibel immer noch.«

»Und warum haben Sie sie Theresia geschenkt?«

»Theresia war die letztgeborene Verwandte von Jacob Buchmann senior. Die letzte der Familie also.«

Ich runzelte die Stirn. »Die letzte Überlebende des Ehemannes? Dann sind ...«

Zumwald nickte. »Clara und ich sind die letzten Überlebenden von Agatha.«

»Dann ging es um Ehre?«

Zumwald schüttelte energisch den Kopf. »Nein, Sie verstehen das falsch ...«

»Sag nun ja nichts Falsches, Mathias!«

Erschrocken fuhren wir herum. Im Kücheneingang stand Clara Jordan. Sie wirkte aufgebracht.

Und sie hatte eine Pistole in der Hand.

»Peter, wir gehen.«

»Clara, bitte ...« Peter Jordan wirkte gequält.

»Frau Jordan, legen Sie die Waffe nieder«, forderte Daniela. »Sofort!«

Die lachte nur. »Ich denke nicht daran. Sie haben unser Leben ruiniert und nun wollen Sie uns auch noch vor allen bloßstellen.«

Daniela machte einen Schritt auf sie zu.

»Bleiben Sie, wo Sie sind.«

Sie richtete die Pistole auf Daniela.

»Frau Jordan, ich sage es Ihnen ein letztes Mal. Legen Sie die Pistole auf den Boden.«

Doch Clara Jordan beachtete sie gar nicht mehr.

»Peter, wir gehen!«

Peter Jordan stand auf. Er wirkte wie ein kleiner, trauriger Junge. Einen Augenblick blieb er einfach so stehen. Dann schüttelte er den Kopf.

»Ich kann nicht, Clara. Wir müssen dem ein Ende setzen. Für uns, für alle. Aber nicht auf diese Weise. Wir müssen für Gerechtigkeit sorgen.«

Niemand wagte es zu atmen.

Clara Jordan blickte von mir zu Daniela und dann wieder zu ihrem Ehemann. Die Entschlossenheit war nicht aus ihren Augen gewichen, aber sie zögerte.

»Du weißt, dass ich das nicht zulassen kann.«

Peter Jordan senkte den Kopf und begann zu weinen. Einen Augenblick lang kam so etwas wie Zärtlichkeit in Claras Blick, dann richtete sie ruckartig ihre Pistole auf ihn.

Daniela schien diesen Moment der Unaufmerksamkeit erwartet zu haben. Sie schnellte vor, griff mit beiden Händen nach der Waffe und riss Clara Jordan dabei zu Boden. Die Pistole schlitterte über die Steinplatten. Noch ehe jemand reagieren konnte, hatte Henzi sie aufgehoben. Mit einem breiten Grinsen drehte er sich zum Tisch um. In seinen Augen war kein Hauch von Freundlichkeit mehr zu sehen.

»Alle hinsetzen!«, befahl er. »Dass ich euch im Auge habe.« Mit dem Rücken zur Wand glitt er an Daniela und Clara vorbei und deutete mit der Waffe auf die freien Sitzplätze am Tisch.

»Und keine Tricks.« Als er die Küchentür erreichte, schloss er sie ab und warf den Schlüssel achtlos zu Boden.

KAPITEL 27

Daniela hatte sich erhoben und half der benommenen Clara Jordan auf die Beine. Sie stellte sich dabei zwischen Henzi und die Frau, als wollte sie Clara beschützen. Natürlich hatte er die Geste bemerkt. Ein breites Grinsen erschien auf seinem Gesicht.

»Setzen!« Mit der Pistole wedelte er die beiden an den Tisch.

»So einfach ist das nicht, Clara«, fuhr er fort. »Die Vergangenheit ist nur die Summe unserer Erinnerungen. Und jeder hat eine andere. Ich will aber die Wahrheit. Theresia wollte die Toten ruhen lassen. Aber jemand hier nicht. Und das hat sie das Leben gekostet. Das kann ich nicht zulassen.«

»Die Wahrheit muss publik gemacht werden!«, ereiferte sich Zumwald und stand in einem Anfall von Mut auf. Sein Gesicht war hochrot. Er schwitzte stark und seine Pupillen waren geweitet.

»Hinsetzen!« Henzis scharfer Ton ließ keinen Widerspruch zu. Zumwald stand da wie eine Vogelscheuche in einem abgegrasten Acker. Er atmete schwer, zögerte kurz, setzte sich aber dann wieder brav hin. Seine Hände zitterten, als er sie unter den Tisch schob.

»Ich habe nichts Falsches getan«, murmelte er trotzig.

»Du bist Theresia vom Friedhof her gefolgt.«

Zumwald wurde bleich.

»Du hast mit ihr gesprochen, als der Pfarrer euch sah.«

Ich hatte Angst, dass Zumwald plötzlich in Ohnmacht fallen würde.

»Du bist ihr im Wald gefolgt.«

Henzi richtete die Pistole auf den Mann.

»Sie ... sie war noch am Leben, als ...«

»Sei still!«

Zumwald zuckte zusammen.

»Aber etwas stimmte nicht in dieser Theorie.«

»Die Zeit«, warf ich ein. Er sah einen kurzen Augenblick zu mir, und ich meinte einen Hauch von Entzücken in seinen Augen zu sehen.

»Genau, Watson. Die Zeit.«

Einen Moment hörte man nur das Ticken der Uhr an der Wand. Die Angst verwandelte sich in eine schwere Decke, die uns zu ersticken drohte. Die Anspannung war zu spüren.

»Warum hast du sie getötet?«

Die Frage kam urplötzlich und mit solch einer Gewalt, dass wir alle zusammenzuckten. Henzi zitterte am ganzen Körper, seine Nasenflügel bebten und seine Augenäpfel schienen nächstens seinen Kopf verlassen zu wollen. Rote Äderchen waren im Weiß um die Pupille zu sehen. Instinktiv duckte ich mich und zog dabei die Schultern hoch. Niemand wagte es, sich zu bewegen, zumal Henzi nun mit der Pistole herumfuchtelte. Die Intensität des Ausbruchs ließ das Schlimmste erahnen. Ich konnte keinen klaren Gedanken mehr fassen. Die Angst hatte mich zu fest im Griff. Ich sah zu Zumwald hinüber, der am liebsten in der Sitzbank verschwunden wäre.

Einen elend langen Augenblick geschah gar nichts.

Dann brach Peter Jordan zusammen.

»Ich wollte das doch gar nicht.«

Ohne meinen Kopf zu bewegen, schielte ich zu Henzi hinüber. Der schien zufrieden mit sich selbst. Ein wissendes Lächeln zeichnete sein Gesicht. Ich hob den Kopf im Moment, wo er die Waffe auf den Tisch legte und Platz nahm.

»Na, also!«, sagte er so sanft, dass ich ihn fast nicht verstand.

Peter Jordan wimmerte vor sich hin. Seine Frau blickte auf die Waffe.

»Die nehm ich wohl nun besser an mich«, sagte Daniela und steckte sie ein.

Zumwald war immer noch kreidebleich. Henzi klopfte ihm aufmunternd auf den Rücken.

»Alles gut, Mathias, alles gut.« Zumwald war außerstande, ihm zu antworten. Er schluckte mehrmals leer, öffnete den Mund und schloss ihn wieder – wie ein Fisch an Land.

Er starrte nun entgeistert auf Peter Jordan.

»Es war ...« Er sprach sehr leise. »es war ... ein Unfall.«

»Sag nichts mehr, Peter, bitte!« Clara war den Tränen nah. Er blickte sie an und sein Gesicht verzerrte sich zu einem Ansatz von Lächeln.

»Ist doch jetzt egal, Schatz. Ich hab ja gute Neuigkeiten, weißt du.«

Clara konnte ihre Tränen nicht mehr unterdrücken. Sie schluckte mehrmals. Dann stand sie auf und nahm ihn in ihre Arme, wo er bitterlich zu schluchzen begann.

»Es wird alles gut jetzt, nicht wahr?«, fragte er gebrochen.

»Es wird alles gut«, flüsterte sie und strich ihm übers Haar.

KAPITEL 28

Zwölf Stunden nach den Vorfällen in Tafers öffnete ich die Buchhandlung. Die Ereignisse des Abends saßen mir noch in den Knochen. Ich hatte in den frühen Morgenstunden eine Nachricht von Chris erhalten, dass es nun für ihn doch nicht möglich sei, den Abend mit mir zu verbringen.

Das Erste, was Donnie machte, als er eintrat, war sich dafür zu entschuldigen, dass er mir nicht sofort zurückgeschrieben hatte. Und natürlich würde er den Buchladen schließen. Und natürlich schien er erleichtert, als ich ihn über Chris Absage informierte.

Er fertigte mir daraufhin einen Latte macchiato an, da ich dieses Mal sicher keinen Geist gesehen haben musste, aber selbst einer geworden war. Ich mag den Kosenamen ›Schneewittchen‹ nur bedingt. Auch wenn er mit einem gutmütigen irischen Lächeln und viel Charme serviert wird.

Kurz vor halb zehn kam Daniela ins Geschäft. Auch ihr sah man an, dass sie nicht wirklich gut geschlafen hatte. Sie bekam einen Kaffee ohne Kosenamen.

Während Daniela und ich Donnie über die Ereignisse der letzten Nacht informierten, hielt ich mich an der Wärme meines Getränkes fest, als wäre es ein Strohhalm in einer aufgewühlten See.

Alles hatte vor rund einem Monat begonnen, als die Ärzte bei Peter Jordan einen Tumor diagnostizierten. Natürlich konnte niemand ihm sagen, um was für eine Art es sich handelte. Hierfür musste der Mann mehrere Untersuchungen über sich ergehen lassen. Da er mit dem Schlimmsten rechnete, hat er versucht, diesen ganzen Tumult um die Familiengeschichte zu schlichten. Schließlich hielt er sich für die Ursache der familiären Spannungen. Doch Jordan wurde sich sehr schnell bewusst, dass jeder sich etwas anderes wünschte.

»Er kam zum Schluss, dass es wohl das Beste sei, die Bibel verschwinden zu lassen. Mit ihr würde jeder Beweis vernichtet. Doch Theresia Henzi blieb stur.«

Daniela machte eine kleine Pause und gönnte sich einen Schluck Kaffee.

»An jenem Nachmittag stellte er Theresia zur Rede, nachdem Pfarrer Heider sie aus den Nörgeleien mit Zumwald befreit hatte. Doch sie wollte nicht nachgeben. Selbst als er ihr sagte, er sei krank.«

Jeder müsse mal sterben, habe sie ihm geantwortet. Da wollte er sie mit dem Messer bedrohen. Sie lachte nur und sei einfach weitergegangen. Als er ihr den Weg versperrte, habe sie sich in das Messer gestürzt. Vor Schreck sei er stehengeblieben. Er konnte nichts mehr tun, ausser tatenlos zusehen, wie sie das Messer herauszog und fortwarf.

»Folgen konnte Peter Jordan ihr nicht, da sie bald schon aus den Bäumen heraustrat.«

»Wieso ging sie diesen Weg? Sie wohnte doch ganz anderswo.«

»Das weiß ich nicht, Valerie. Ich kann es mir nur so erklären, dass sie dich sowieso aufsuchen wollte.«

»Mich? Aber warum?«

»Wegen der Bibel denke ich. Und dem Familiengeheimnis.«

»Was ist nun mit Jordan?«, fragte Donnie.

»Ich glaube ihm. Uns liegen nun auch die Resultate der Untersuchungen vor. Der Tumor ist ein gutartiger und kann operativ entfernt werden.«

Wir schwiegen einen Augenblick. Was für eine Ironie des Schicksals.

Ich dachte an Theresia.

Da hat man eine Hand voller Asse und das Leben spielt Schach.

Wenn ich aus dieser Geschichte etwas lernen konnte, dann dass jeder einzelne Augenblick kostbar ist.

Und wer ein Warum zum Leben hat, der erträgt auch jedes Wie.

Naja, fast jedes.

Möge sie in Frieden ruhen.

Bärbels blaue Muffins

Für 4 Personen:
100 g Butter in einer Schüssel weich rühren
100 g Zucker
2 TL Vanillezucker
0.5 TL Salz
2 Eier, verklopft
alles weiterrühren, bis die Masse hell ist
2 dl Milch dazugeben
250 g Mehl
2.5 TL Backpulver darunter mischen
200 g Heidelbeeren hinzufügen

Form:

Für ein Muffins-Blech oder 12 ofenfeste Förmchen von je ca. 7 cm Durchmesser, gefettet

Backen:

ca. 30 Min. in der Mitte des auf 180 Grad vorgeheizten Ofens. Herausnehmen, abkühlen, aus dem Blech nehmen, auf einem Gitter auskühlen lassen.

Valeries Gifferstee

Die Sensler Antwort auf den Glühwein

Zutaten

1 Handvoll Lindenblüten
200 g Kandiszucker
2 Stangen Zimt
2 Anissterne
5 l Wasser

Zubereitung

Lindenblüten, Kandiszucker, Zimt und Anis in kaltes Wasser geben, aufkochen und 30 Minuten ziehen lassen. Flüssigkeit absieben und heiß servieren.

Man fügt dem klassischen Gifferstee dann noch Rotwein hinzu. Natürlich trinkt Valerie in diesem Buch die Version ohne Alkohol.

Den Tee trinkt man traditionellerweise zu ›Bräzzele‹ (Feingebäckspezialität, das zwischen zwei Eisenplatten gebacken wird) und Anisguezli – es darf aber auch anderes Weihnachtsgebäck sein.

Valerie Birbaum ermittelt
auch in …

Tee, Rosen und Mimosen

Jean-Pascal Ansermoz wurde im September des Jahres 1974 in Dakar (Senegal) geboren. Erst Anfang der Achtziger kam er in die Schweiz zurück, schloss seine Schulzeit mit dem Abitur in Basel ab, bevor er in Lausanne sein Studium in Angriff nahm.

Er ist einer, der mit Leichtigkeit über den Röschtigraben springt, schrieb er doch bis 2009 nur in französischer Sprache. Weltenbürger, Romand und Deutschschweizer in einem: ein Autor mit Hang zum Kriminellen aber auch zu Poetischem, Literarischem, Alltäglichem und Besonderem.

Er lebt als freischaffender Autor in Düdingen (CH).

www.jeanpascalansermoz.ch